KB178070

얼치기경제학자의 ‘뒤집어 본’ 경제용어 사전

얼치기 경제학자의 뒤집어 본 경제용어사전

발 행 | 2019년 3월 11일
저 자 | 허정혁
펴낸이 | 한건희
펴낸곳 | 주식회사 부크크
출판사등록 | 2014.07.15(제2014-16호)
주 소 | 경기도 부천시 원미구 춘의동 202 춘의테크노파크2단지 202동 1306호
전 화 | 1670-8316
이메일 | info@bookk.co.kr

ISBN | 979-11-272-6516-8

www.bookk.co.kr

얼치기 경제학자의 뒤집어본 경제용어사전

허정혁 지음

작가 소개

허정혁 (許正赫)

집안 내력대로 어려서부터 수학이나 과학과목은 싫어했고 역사와 소설책을 좋아하여 중학교 때까지는 국문과나 사학과에 가서 소설가나 역사학자가 되려고 했었지만 결국 아버지 (서울대에서 기계공학 전공)와 같이 사회와 타협(?)하며 살기 위해 고려대에서 경제학을 전공하였고 내친김에 경영전략을 전공으로 영국 런던비즈니스스쿨에서 MBA과정을 공부했다. 용산 미8군에서 카투사로 군대생활을 마쳤고, 약 25년 가까이 삼성전자 전략 마케팅실, CJ주식회사 전략기획실, 동부그룹(現 DB그룹) 경영기획실에서 근무했고,현재 모기업 전략기획실에서 근무중이다.

CONTENTS

들어가며

내가 너의 이름을 불러주었을 때

너는 나에게로 와서 꽃이 되었다.

이 시가 기억나는가. 시를 그다지 좋아하지 않아도 만일 당신이 '7080 세대'라면 이 시를 교과서에서 읽어본 기억이 어렴풋하게 날 것이다. 이 시는 바로 김춘수 시인의 '꽃'이라는 시이다.

비록 이 시의 제목은 '꽃'이지만 이 시는 '꽃'이 아니라 '사람 또는 사물dl 가진 이름의 중요성'에 대해서 이야기하고 있고, 누군가 다른 사람 (또는 사물)의 이름을 불러주었을 때 그는 (혹은 그것은) 이름을 부르는 사람 (주체)과 불리는 사람 (객체)의 관계가 아닌 둘 간의 일체화를 의미하며, 그 대상이 어떤 것이든 간에 그 내재적인 가치의 높낮이와는 상관없이 나에게로 와서 '꽃'이라는 '이 세상에서 너무나도 소중한 존재'가 되는 것이다.

2020년을 향해 가고 있는 지금, 외국어 조기교육은 물론 경제학의 조기교육이 강조되고 있다고 한다. 나 자신의 경험을 되돌아 보건데, 정식 과목으로는 고등학교 2학년때인 1987년, 즉 약 32년 전에 사회 교과 과목의 일부로서 경제학을 처음 배웠던 것으로 기억한다. 고등학교 시절을 지나 대학에서도 경제학을 전공하며 느낀 것은 대부분의 경제학 용어의 우리말 명칭이 그 용어가 가진 본래의 뜻이나 영어 원문과 전혀 다르게 쓰여진 것이 너무 많으며, 또한 평상시에 우리 일상 생활 속에서 사용하는 단어와는 너무나도 동떨어진 난해한 용어를 쓰는 경우가 다반사라는 것이다.

그러한 본래의 뜻과 우리말 용어의 불일치는 대부분

① 영어로 된 경제용어를 일본어로 오역한 것을 그대로 한국어로 번역한 경우
② 경제용어에 포함된 영어 단어의 의미를 고려할 때 완전한 오역이라 할 수는 없지만 한국어 명칭에는 영어 단어의 첫번째 의미를 갖다 붙이고 이론 설명은 단어의 두번째 또는 세번째 의미를 끌어다 하는 경우
③ 영어 단어를 한국어로 번역하며 평상시에 거의 사용되지 않는 '국적 불명(?)'의 용어를 붙인 경우

가 대부분이며, 이제는 잘못 갖다 붙인 경제학 용어의 굴레에서 벗어나 제대로 된 경제학 명칭을 제대로 배워야 한다는 생각에서 이 책을 집필하게 되었다.

비록 학부에서는 경제학, 대학원에서는 경영학 (MBA)을 전공하였지만 나는 단 한번도 경제학 박사들과 같이 경제학을 심도있게 연구해 본 적은 없다. 따라서, 예를 들어 내가 이 책의 본문에 'Opportunity Cost'를 '기회 비용'이 아닌 '기회 상실'이라고 명명했다는 것에 대해 '기회 비용'을 전공한 박사가 이 용어의 제대로 된 명칭은 '기회 비용'이 맞다고 우기면 별로 할 말은 없다. 하지만 이 책의 제목이 '얼치기 경제학자'인 것처럼 이 책은 전문적인 경제학 주제를 다룬 책이 아니며 경포자 (경제학 포기자) 또는 경제학을 처음 배우지만 용어가 어려워 그 이론을 제대로 이해 하지 못하는 입문자를 위해서 쓴 것이기에 용어 하나하나를 놓고 경제학자와 논쟁을 벌인 다는 자체가 그 어떠한 의미도 갖지 못한다.

또한 최근의 우스개로, '개구리 뒷다리'를 전공한 박사에게 '개구리 앞다리'에 대해서 묻자 "개구리 앞다리는 내 전공분야가 아니라서 전혀 모릅니다"라고 대답했다는 우스개가 있다는 것을 참고해 볼 때 '좁고 깊게' 아는 사람보다 오히려 '넓고 얇게' 아는 사람이 일반적인 주제에 대해서는 오히려 더 쉬운 설명을 할 수 있다고 생각한다.

이 책을 통해 많은 사람들이 경제학은 단순히 어렵고 복잡한 것이 아니라 우리를 둘러싼 생활에서 흔히 볼 수 있는 '돈'에 관련된 현상을 설명한 것이라는 것을 느끼고 경제학에 대해 계속 관심을 가지고 공부했으면 한다. 또한 경제학 용어에 올바른 명칭을 부여하고 또 그 용어들을 깊게 이해 함으로서 그 경제학 용어들이 우리에게로 와서 '꽃', 아니 우리는 경제학을 공부하고 있음으로 '돈'이 되었으면 하는 마음 간절하다.

2019년 3월1일

강남 대치동 아파트 촌 위로 떠오르는 태양을 바라보며,

허정혁

제1장.

‘Opportunity Cost’는 ‘기회비용’이 아니라 ‘기회상실’이다?

1987년 서울의 어느 고등학교 2학년 교실. 월요일 2교시는 사회시간이다. 오늘은 경제에 대해 배우는 시간. 대학에서 사회교육을 전공하신 사회선생님께서 '기회비용'을 설명하신다.

"기회비용이란 어떤 선택으로 인해 포기된 기회들 가운데 가장 큰 가치를 갖는 기회 자체 또는 그러한 기회가 갖는 가치를 말하는 거란다."

하지만 잘 이해가 되지 않는지 혁이가 고개를 갸우뚱하더니 손을 들고 선생님에게 질문을 한다.

"비용이라는 것은 일반적으로 말해서 우리가 어떤 재화나 서비스를 얻는 대가로 지불하는 돈이 아니던가요? 기회 자체를 포기해 버렸는데 어째서 그것이 비용이 되는가요?"

혁의 돌발적인 질문에 칠판만 하염없이 바라보시던 선생님께서 나직하게 한마디 하신다.

"나와, 이 새끼야!"

찰싹찰싹. 혁의 뺨다귀가 빨개졌다. 으이그, 이 놈의 나쁜 버릇을 못 버리고 내가 또 질문을 했구나.

“다시 나와, 이 새끼야.”

으이그, 맞고 자리로 돌아올 때 선생님께 ‘좋은 가르침 주셔서 감사합니다’ 하는 뜻으로 머리 숙여 인사를 해야 되는데 그걸 또 까먹었구나. 혁은 또 다시 자신의 가슴속으로 자책을 한다.

“앞으로 또다시 쓸데없는 질문했다만 봐라, 다리 몽댕이를 부셔버릴테니. 학력고사는 교과서에서 그대로 출제되니깐 그냥 교과서를 달달 다 외우란 말이야, 이 새끼들아. 그리고 저 새끼. 맨날 잘난 체 하기는.”

같은 반 친구들의 따가운 시선을 의식하며 혁은 자기 자리로 서서히 돌아간다. 그리고는 다시는 질문 같은 것은 하지 않겠노라고, 아니, 아예 호기심 같은 것은 갖지 않겠다고 생각하며 오직 ‘명문대학 인기학과’에 가기 위해서 교과서만 달달 외우겠다고 가슴 속으로 굳게 맹세한다.

‘기회비용’과 관련해서 필자가 약 30년 전에 겪었던 일을 약간의 ‘뻥’을 섞어서 재구성하였는데, 대체 ‘기회비용’이라는 경제용어와 그 의미간의 불일치를 느낀 사람은 나 혼자 뿐일까? 우리 한번 쉽게 생각해 보자. '기회'라는 것은 무엇인가? 표준 국어대사전을 찾아보면 그 뜻은 '어떠한 일을 하는 데 적절한 시기나 경우'라고 정의되어 있고, 일반적으로 기회라고 함은 '좋은 기회를 놓쳤다'라고 과거형으로 쓰이는 경우도 있지만 미래형으로 사용되는 것이 대부분이다. 예를 들어 '이번이 천재일우의 기회이다'라던지 '이번 기회는 꼭 잡아야 한다'는 듯이 뭔가 잡힐 듯 말 듯한 '미래의 희망'을 암시하는 경우가 많다. 따라서 '기회비용' 이란 말을 들으면 마치 그 뜻이 '지금 나에게 온 기회를 잡기 위해 필요한 돈'이라는 뜻으로 들린다. 하지만 '기회비용'의 경제학적인 의미는 무엇인가. 이는 30년 전 혁이의 사회선생님께서 말씀 하신 대로 '어떤 선택으로 인해 포기된 기회들 가운데 가장 큰 가치를 갖는 기회 자체 또는 그러한 기회가 갖는 가치'를 말하지 않는가? 자, 이제 우리는 '기회 비용'이라는 용어와 그 뜻간의 괴리를 없애기 위해 '기회비용'의 영어 원어를 살펴보며 이에 합당한 우리말 용어가 무엇인지 생각해 보도록 하자.

Opportunity Cost : the loss of potential gain from other alternatives when one alternative is chosen.

조금 의역하면 'Opportunity Cost'란 '한가지 선택을 함으로써 날아가버린 잠재적인 이득'이 아니던가. 도대체 여기에서 그 어디 '비용'이란 개념이 있는가? 우리는 A와 B중 A를 선택하면서 B는 포기하였고, 이에 B에는 그 어떠한 돈도 지불하지 않았는데 도대체 왜 B가 '비용'이 되는가?

이번엔 다른 사전을 한번 찾아보자.

Opportunity Cost : the benefit that could have been gained from an alternative use of the same resource

'같은 자원을 다르게 사용했을 때 얻을 수 있었던 이득'

여기에서도 그 어떠한 '비용' 개념도 찾을 수 없다. 그리고 위에서 가정문 현재완료형이 쓰였다는 것에 주목하자. 가정문의 주절에 현재완료형이 왔다면 'If'가 들어간 조건절에는 과거완료형이 쓰였을 것이고, 가정문의 과거완료는 무엇의 반대? 바로 과거의 반대! 그렇다면 이것은 무엇인가? 잘만 했으면 얻을 수 있었지만 나의 잘못된 선택에 의해서 과거에 이미 날라가 버린 이득이 아닌가? 아니, 그런데 왜 도대체 비용이란 말이 나왔단 말인가? 여기서 우리는 'Cost'라는 단어의 정확한 뜻을 알아보자.

'Cost'의 첫번째 뜻은 'Opportunity Cost'를 '기회비용'이라고 번역한 사람도 알고 있었듯이 '비용'이다. 그리고 두번째 뜻은 첫번째 뜻과 유사한 '사업상의 경비'이다. 그런데 세번째 뜻은 바로 무엇인가? 그것은 바로 손실 (Loss)이다! 영영사전에서 정확한 의미를 한번 찾아보면,

Cost : the loss or penalty incurred especially in gaining something

'무엇인가를 얻고자 할 때 생기는 손실'

아니, 그렇다면 이것은 대체 무엇인가. 바로 'Opportunity Cost'의 정의와 일맥상통하지 않는가. 하나를 얻음으로서 포기해야만 하는

그 무엇, 곧 섭섭이를 선택함으로서 삼돌이를 포기해야만 하는 춘심이의 심정이 아니던가. 중국어에도 유사한 표현이 있지 않던가. 有失有得(유실유득). 잃는 것이 있으면 얻는 것도 있다고. A를 선택함으로 해서 B는 포기해야만 하는 아픔에는 그 어떤 금전적인 것도 개입되지 않는데 도대체 왜 이것을 '손실' 또는 '상실'로 부르지 않고 단순하게 비용이라 부른단 말인가. 여기서 우리는 이 경제학 용어를 번역한 사람의 무지몽매함을 지적하지 않을 수 없으며, 이제라도 '기회 상실'또는 '날아가 버린 기회'라는 올바른 용어를 사용할 수 있기를 바란다.

기회비용에 대해 질문했다는 이유 하나만으로 나의 '귀방망이'를 수차례 날리신 조모 사회선생님을 찾아가서 따지고 싶은 생각도 있건만, 이제 고희가 훨씬 넘으셨을 그 분을 찾아가 따진 듯 무엇하리오. Let bygones be bygones, 지나간 일은 그냥 지나간 일로 흘려보내고 나의 자유시간을 만끽하련다. 이런 경우 선생님을 찾아가서 따지는 것은 기회비용이 되겠지. 아니, 참, 기회상실, 또는 날아가 버린 기회.

제2장.

Sunk Cost는 '매몰비용'이 아니라 '회수 불가능 비용'이다?

1978년. 백과사전을 찾아보면 이 '1978년'은 뭇 사람들의 뇌리 속에 그다지 많이 남아 있는 연도는 아닐 것 같다. 1979년과 같이 대한민국을 뒤흔들 대형 사건들 (10.26 및 12.12 사건 등등)이 발생한 것도 아니기에. 하지만 필자는 이 1978년에 참으로 놀랄만한 (?) 경험을 하였으니, 그것은 바로 '푸세식(?) 화장실'이 아닌 당시로서는 최첨단이었던 '수세식 화장실'이 있고 '아궁이'와 '다라이 (우리말로 '대야'이지만 그 당시엔 다들 이렇게 불렀다)가 없고 '가스레인지'와 '싱크대'라는 것이 있는 새 집으로 이사가게 된 것이었다.

그 당시에는 바야흐로 서울의 강남 (그 당시에는 '강남'이 아니라 '영등포의 동쪽'이라고 해서 '영동'이라고 불렀다) 개발이 본격적으로 진행되고 있었을 뿐 아니라 서울의 곳곳에서 대대적인 개발이 진행되고 있었던 바, 필자의 가족이 새로 이사간 곳도 서울 변두리의 산을 뒤집어 엎고(?) 새로이 조성한 주택 밀집지역이었다. 그곳으로 이사가기 전 필자가 살던 집 부엌에는 지금은 아주 아주 깡촌(?)에 가도 볼 수 없는 아궁이가 있었으며, 부엌은 방이나 마루 같은 집의 다른 부분보다 1m 정도 낮은 곳에 위치하여 있었던 데다가 지금의 수세식 화장실과 같이 바닥이 물기로 젖어 있어 반드시 슬리퍼 (예전엔 '쓰레빠'라고 불렀다)를 신고 내려가야만 했다.

1970년대 말 당시에는 '남자는 나이를 불문하고 절대 부엌에 들어와서는 안된다'는 지금 생각하면 상당히 기괴한(?) 금남(禁男) 불문율이 있었는데, 어머니께서 밥을 하실 때 간혹 필자가 부엌 근처에서 서성거리면 어머니는 언제나 어김없이 "아니, 얘가 어딜 들어와, X추 떨어질라고"하시며 필자를 부엌 밖으로 슬슬 밀쳐내시곤 하셨던 것이 기억난다.

따라서 필자가 7살이었던 1978년도에 난생 처음 본 수세식 화장실과 싱크대는 정말로 경이로웠다는 말을 빼고는 달리 표현할 방법이 없었으며, 특히 예전 살던 집에서는 음식 조리 공간(아궁이)과 설거지하는 장소(위에서 전술한 '다라이'가 있는 곳)이 분리되어 있었건만 새 집에는 그 이름도 신기한 '싱크대'에 모든 것이 다 있었다. 가스 렌지,

(그릇 등을 담는) 수납장, 도마, 물 (온수도 펄펄 나옴!)이 나오고 흘러 내려가는 수도와 하수구까지도.

이 '싱크대'의 오리지널 영어 단어는 'Sink'이며, 명사로서 'Sink'의 뜻은 부엌에서 물이 나오고 내려가는 (수도와 하수구가 있어서) 야채를 씻거나 설거지를 하는 부분만을 가리킨다고 한다. 하지만 한국에서는 본래의 'Sink'의 뜻에 더해 가스레인지 (최근에는 전기 레인지, 즉 인덕션으로 많이 바뀌었다) 등을 올려 놓고 식기류를 보관하는 수납 설비까지도 포함한다. 그렇다면 'Sink'와 이 장의 주제인 'Sunk Cost'와는 무슨 관계가 있을까. 위에서는 'Sink'의 명사적인 뜻을 소개했지만 'Sink'는 동사로도 사용되며, 동사로 사용 될 시의 과거형과 과거분사형이 바로 'Sunk'이다.

'Sunk'의 뜻을 알기 위해 먼저 파악해야 할 'Sink'의 동사로서의 뜻은 'Go down below the surface of something, especially of a liquid, become submerged (표면, 특히 물의 표면 밑으로 가라 앉다)'는 뜻이라고 한다. 쉽게 말해서

'(물 속으로) 가라앉는' 것 이다.

'Sink'의 두번째 뜻은 'to cause something to fail or be in trouble (어떤 일에 실패하게 하거나 곤경에 처하다)'이며 세번째 뜻은 'to dig a hole in the ground, or to put something into a hole dug into the ground (땅을 파서 묻다, 매몰시키다)' 이다.

그렇다면 'Sink'의 과거형이자 과거분사인 'Sunk'는 무슨 뜻일까. 영어에서 동사의 과거분사형은 대부분 형용사로도 사용되며 이는 'Sunk'의 경우도 예외가 아니다. 따라서 'Sunk'는 위의 'Sink'의 과거분사로의 뜻과 함께 '가라앉은(침몰한)', '망해버린', '매몰된' 등의 3가지 주된 뜻을 갖는다.

자, 그렇다면 여기서 우리는 'Sunk Cost'가 과연 우리말로 '매몰비용'이 맞는지 한번 상세히 검증을 해보도록 하자. 이를 위해 먼저 'Sunk Cost'의 뜻을 찾아보면,

Sunk Cost : Money that a company has already spent or invested in a particular project, etc. and that it cannot get back (회사가 특정 사업에 투자했으나 회수가 불가능한 돈)

이며 이는 사전적으로는 '회수 할 수 없는 돈'이고 쉽게 말해 '이미 날라가 버려 내 것이 아닌 남의 돈'이다.

그러면 여기에서 'Sunk Cost'의 우리 말 번역에 해당하는 '매몰 비용'의 정확한 뜻을 알아보자. '매몰'(埋沒)은 '보이지 않게 파묻히거나 파묻음'이며 이는 곧 무엇인가를 땅에 파 묻어서 이미 눈에 보이지 않게 되었음을 의미한다. 그런데 우리는 이 '매몰'이란 말을 어떤 경우가 가장 많이 사용하는가. 일단 우리는 (아주 불행한 사건이고 일어나지는 않아야 할 사건이지만) 광부로 일하시는 분들이 탄광에 갇혔을 때 그 분들이 '매몰되었다'고 한다. 또한 본래는 사람이 사는 마을이었지만 댐 건설 등을 위해 물 아래로 가라 앉아 버렸을 때 그 지역이 '매몰'되었다고 한다.

그렇다면 'Sunk Cost'를 '매몰 비용'이라고 번역하는 것은 옳은가? 그렇지 않다. 왜냐하면 '매몰'의 뜻은 'Sunk Cost'에서의 'Sunk'와 같이 '완전히 날라가 버린, 완전히 물 건너 가버린' 것이 아니기 때문이다. 즉, 탄광에 갇힌 광부들이 현재 생존해 있고 또한 충분히 구조의 희망이 있을 때 우리는 그들이 '매몰' 되었다고 한다. 또한 댐 건설을 위해 물 밑으로 '매몰'되어 버린 지역은 어떠한가. 비록 그 곳은 지금은 물 밑으로 가라앉은 상태지만 가뭄이 들어 물이 빠지면 다시 수면위로 떠오를 수도 있는 지역이며, 가뭄과 같은 특수 상황이 아닌 평상시라도 원한다면 잠수를 해서 충분히 다시 가 볼 수도 있는 곳이기에, 그 지역은 '완전히 날라가 버린 회복 불가능한' 지역이 아니라 자연 현상의 변화나 인간의 의지에 의해서 다시 '수복'될 수도 있는 지역이다.

따라서 'Sunk Cost'를 '매몰비용'이라고 명명하는 것은 옳지 않으며, 오히려 '회수 불가능한 자금' 또는 그냥 쉽게 표현해서 '(이미 내 것이 아닌) 날린 돈'으로 부르는 것이 그 원 뜻을 충실하게 반영하는 것이 된다. 또한 '매몰비용'이란 말을 들었을 때 제일 먼저 무엇이 생각나는가? 이

용어의 본래의 뜻인 '이미 날린 돈'이 아닌 마치 '무언가를 매몰시키는데 드는 비용' 또는 '매장하는 데 소요되는 비용'이라는 느낌이 들지 않는가? 왜 경제학자들은 왜 이토록 합당치도 않고 어려운 용어로 항상 우리를 헛갈리게 하는가?

마지막으로 우리는 도대체 왜 이 'Sunk Cost'가 '날린 돈'이 아니라 '매몰비용'이라는 희한한(?) 이름을 갖게 되었는지 한번 살펴보도록 하자. 위에서 설명한 대로 'Sunk'의 동사 원형인 'Sink'라는 동사는 세가지 주요한 뜻이 있으며, 두번째 뜻은 'to cause something to fail or be in trouble (망하거나 곤경에 처하다)'이고 세번째 뜻은 'to dig a hole in the ground, or to put something into a hole dug into the ground (무엇인가를 땅을 파서 묻다, 무엇인가를 매몰시키다' 라고 하였다.

아, 여기서 "악!" 소리가 나지 않는가. 'Sunk Cost'의 뜻은

‘이미 날린 돈’으로서 여기에서의 ‘Sunk’는 그 두번째 뜻인 ‘망한 또는 곤경에 처한’으로 해석해야 하건만 이 ‘매몰비용’이라는 용어를 만든 사람은 ‘Sunk’의 세번째 뜻인 ‘매장된 또는 매몰된’을 채용하여 ‘Sunk Cost’를 자기 마음대로 ‘매몰 비용’이라고 명명한 것이다! 아니, 어떻게 경제용어와 단어의 올바른 뜻을 제대로 파악하지도 않고 자기 멋대로 무책임하게 ‘매몰비용’이라고 명명하였을까? 참으로 무책임하기 짝이 없는 분이 아닐 수 없다.

자, 이제부터라도 우리는 이 ‘Sunk Cost’를 ‘매몰비용’이 아니라 ‘날린 돈’ 또는 ‘회수 불가능한 돈’이라고 부르자. ‘내가 너의 이름을 불러 주었을 때 네가 나에게로 와서 꽃이 되듯’ 우리가 제대로 된 용어를 갖다 붙였을 때 그 경제용어들 또한 우리들의 뇌세포에 ‘딱!’하고 달라붙어 피와 살이 되는 지식이 될 것이기에.

제 3 장.

Loyal Customer는 '충성 고객'이 아니라 '단골 손님'이다?

“You see, I'd like us to make a deal (저기, 우리 계약 하나 합시다).”

1993년 개봉한 영화 ‘피아노’에서 베인스 (하비 카이텔 분)가 에이다 (헬렌 헌터 분)를 끈적 끈적(?)하게 바라보다가 낮은 목소리로 속삭인다. 그가 그녀와 맺고자 하는 계약은 바로 그녀가 피아노를 칠 때 그녀에게 그 어떤 짓을 해도 다 용납해 준다면 그 피아노를 그녀에게 주겠다는 것이었다.

친구 부인인 아이다의 매력에 끌려 피아노를 매개로 그녀와 한번 엮어 보려는 작업남(?)의 뻔한 멘트이건만 도대체 그는 왜 한국적으로

“저기요, 우리 이렇게 하면 어때요?”

도 아니고 무슨 거창하게 ‘계약’까지 하자고 했을까. 그 이유는 바로 서구 사회는 모든 사회의 근본 작동원리가 ‘계약’에서부터 시작하기 때문이며 (사회계약설이니 국가계약설이니 하는 서양 학자들이 만든 사회과학 이론들도 모두 이러한 ‘계약 문화’에서 파생한 것이다), 따라서 작업남이 자기가 꼬시려고 하는 여자에게까지도 그냥 단순히 ‘사귀자’고 하는 것이 아니라 ‘조건 (또는 옵션)’을 갖다 붙인 ‘계약’을 맺자고 하는 것이다.

서양 문화의 주요한 축인 기독교에서도 그 '계약 문화'는 쉽게 찾아 볼 수 있다. 기독교의 근본 교리를 한마디로 표현한다면 그것은 아마 '예수 믿고 천당 가는 것' 일 것이며, 평생 교회에 코 끝 한번 내밀어 보지 않은 인간이라도 죽기 바로 몇 분전에 회개하고 예수님을 믿는다고 선언하면 '천당'에 갈 수 있는 확률이 갑자기 급상승(?)하는 구조인 것이다. 이것이 바로 "네가 아무리 개차반이라도 예수가 구세주임을 믿기만 하면(!) 너의 모든 죄는 사함을 받고 구원을 얻을 수 있나니라"는 '신과 인간의 계약'인 것이다. 놀랍지 않은가? 서양 사람들은 아주 아주 오래 전부터 피조물에 불과한 '인간'이 조물주인 '신'과도 계약을 할 수 있다고 생각했다는 것이?

이번엔 서양 중세 사회를 지탱해온 또 다른 축이었던 봉건제도를 한번 살펴보자. 봉건제도는 '장원'을 기반으로 한 경제체제로서, '장원'의 소유자인 '영주'와 영주의 재산을 적으로부터 보호하는 '기사', 그리고 영주의 땅을 부쳐먹으며 사는 '농민 (또는 농노)'로 이루어져 있었다. 영주와 기사는 '용병 계약'을 맺어 영주는 기사에게 비싼 말과 무기 구입 비용을 제공하고 기사는 영주의 신변 안전을 보장하는 '보디가드' 역할을 했으며, 영주와 농민은 노동력 제공 및 신변 보호 계약을 맺어 농민은 영주의 땅에서 재배한 곡식을 영주에게 바치고 불한당들의 공격으로부터 보호를 받았다. 비록 영주는 기사보다, 기사는 농민보다 더 높은 지위를 가지고 있었지만 그들의 관계는 엄격한 'Give & Take'를 기반으로 한 엄연한 계약 관계였으며, 만일 영주가 기사에게 충분한 급료를 지급하지 못하거나 농민을 야만족의 침략으로부터 보호해 주지 못한다면 그것은 바로 어느 한쪽이 결별을 선언할 수 있는 근거가 되었다.

그렇다면 기사계층 또는 농민의 영주에 대한 '충성'은 무엇을 의미했을까? 우리가 흔히 한국의 역사를 통해서 충성심이 가장 높았던 인물이라고 생각하는, 발바닥 가죽이 벗겨지고 뜨겁게 달군 철판 위를 걷게 해도 자신의 주군에 대한 절의를 지켰던 박제상의 '맹목적적인 충성심'과는 달리 '반대 급부'를 바라는 계산적인 것은 아니었을까. 이제 우리는 동양의 '충성'과 그에 해당하는 영어단어인 'Loyalty'의 속뜻에 대한 파악을 통해 'Loyal Customer'를 단순히 '충성 고객'이라고 부르는 것이 맞는지 검증해 보도록 하자.

먼저 원어인 'Loyal'의 속뜻부터 파악해 보자. 영영사전을 찾아보면

'Loyal'의 첫번째 뜻은 'Remains firm in their friendship or support for a person or thing'이며, 이해하기 쉽게 조금 의역하면 '지속적으로 타인과 굳은 우정을 유지하거나 사물을 지지 또는 옹호하는 것'이다. 두번째 뜻도 살펴보면 'Faithful to one's country or government' 이며 이는 '자신이 속한 국가에 헌신한다'는 뜻이 될 것이다.

이에 반해 동양에서 말하는 충성(忠誠) 이란 충성 충, 정성 정이 합쳐진 말로서 '진정에서 우러나오는 정성, 특히 임금이나 국가에 대한 것'을 뜻하는 것이며, 일반적으로 우리나라에서는 자신보다 지위가 높은 사람 (또는 대상)을 향한 맹목적인 정성과 희생을 가리킨다.

이제 다시 전술했던 유럽의 중세시대로 돌아가 보자. 유럽의 중세 사회체제의 핵심은 바로 'Give & Take'를 중심으로 한 계약문화라고 했으며, 영주가 농민 및 기사들에게 신변 보호 및 의식주 보장 등 여러 가지 혜택을 준다는 '전제 조건'하에 그들이 그에 대한 반대급부로서 영주에게 헌신하는 것이 바로 'Loyal'이다. 한국에 만연한 기득권 세력들의 병역 의무 회피에 대비하여 우리가 경배하여 마지 않는 유럽 상류층들의 '노블리스 오블리제'의 전통 또한 자기가 잘 먹고 잘 사는 것이 바로 국가가 존재하기 때문이고, 자신의 호화 생활을 유지시켜 주는 국가이기에 목숨 걸고 지켜야만 하는 사실에서 기인했을 가능성이 높다 (물론 서양의 상류층이 한국에서 누릴 거 다 누리면서 군대도 안가고 이중국적 취득하는 '노란' 외국인보다는 백배 낫다).

그렇다면 서양인들이 말하는 'Loyal'이란 우리가 사용하는 '충성'과는 동떨어진 의미가 아닌가. 영어에서 'Loyal'이라는 단어의 주체는 철저하게 '자기 자신 (자신에게 반대 급부가 떨어지기에 그것을 바라고 외부의 대상에게 헌신함)'이지만 '충성'이란 그 어떤 하등의 대가도 바라지 않고 자신이 태어난 조국이고 자신이 모셨던 군주이기에 내 발바닥 가죽이 벗겨지던 자기 마누라가 식음을 완전 전폐하고 언덕에 나가 하루 종일 자기를 기다리다가 돌덩이가 되던 말던 '종묘사직'이라는 대의명분을 지키기 위해서 철저히 자신과 자신의 이익을 버리는 '이타적이고도 맹목적인' 행위인 것이다. 그렇다면 한번 판단해 보자. 'Loyal Customer'를 "충성고객 이라고 부르는 것이 맞는 것인가 아니면 그 속뜻을 전혀 알지도 못하면서 아무런 생각도 없이 영어 단어를 단순 '직독직해'해서 나온 무지몽매한 용어인가 하는 것을 말이다.

'Loyal Cusomer'의 올바른 번역과 이해를 위해 마지막으로 우리는 'Loyal'의 첫번째 뜻을 다시 한번 주의 깊게 보도록 하자. 그것은 바로 '사물을 지속적으로 옹호하고 지지하는 것'이다. 그렇다면 이것은 우리말로는 무엇인가? 자연인의 관점에서는 자신의 여유시간에 지속적으로 곁에 두고 즐기는 것이 될 것이므로 바로 '취미'가 될 것이며, 자신에게 필요한 제품을 구매하는 소비자의 입장에서 본다면 '단골'이 될 것이다. 그렇다면 'Loyal Customer'는 우리말로 무엇이 되는가? 그것은 바로 '충성고객'이 아니라 '단골 손님'이 아닌가?

현재 전 세계에서 쏟아지는 저 엄청난 양의 쓰레기만 보아도 제조업의 생산성은 과거에 비해 괄목적으로 진보했다는 것을 부인하기 어려우며, 우리가 20년 전만 해도 '짱깨'라 부르며 무시해 마지않았던 중국도 첨단기술을 활용한 제품을 마구 마구 쏟아내고 있다. 이렇게 하루만 자고 일어나면 전혀 생각지도 못했던 신제품과 기발한 아이디어가 쏟아지는 판국에 자신이 새롭게 얻을 수 있는 모든 혜택과 쾌락을 희생하고 무슨 한가지 브랜드나 제품, 매장에 맹목적으로 '충성'할 일 있나? 결론적으로 이 세상에 '단골손님'만 있을 뿐 '충성 고객'은 없다. 세상의 변화 속도가 점점 빨라지며 그 단골이 유지되는 기간도 점점 짧아져 본래 순수 우리말인 '단골'의 '단'자도 한자의 짧은 '단(短)'자가 되어 가고 있지만 말이다.

제4장.

The Law of Diminishing Marginal Utility는 '한계효용 체감의 법칙'이 아니라 '한 개(를 더 소비 했을 때의) 쾌락 감소의 법칙'이다?

‘한계(限界)’ 라는 말을 들으면 가장 먼저 무엇이 생각나는가? 일상 생활에서 우리는 ‘한계’라는 단어를 ‘능력의 한계’ 또는 ‘비용의 한계’ 등과 같이 ‘일정 수준을 초월하지 못하는 그다지 긍정적이지 못한 상황’을 나타낼 때 많이 사용한다. 하지만 ‘한계’를 뛰어 넘는다고 해서 반드시 그 상황이 긍정적으로 전화되는 것은 아니다. 우리는 ‘인간의 한계를 뛰어 넘었다’라던지 ‘현실의 한계를 뛰어 넘었다’는 등의 표현을 많이 사용하며, ‘한계를 뛰어 넘었다’는 것은 대부분 긍정적인 의미를 갖는 경우가 많지만 우리는 그 한계를 뛰어넘은 ‘초한계(超限界)’의 세상이 어떤 식으로 펼쳐질 지에 대해 정확히 알지 못한다. 즉, 우리는 ‘초한계’의 상태가 우리에게 긍적적인 결과와 영향을 주기를 바랄 뿐, 그 ‘초한계’의 세상에 대해 우리는 철저히 무지하다.

그렇다면 ‘한계’라는 단어 말고 ‘경계(境界)’라고 하면 어떤 생각이 드는가? 우리는 ‘두 가지 세계가 서로 다른 영역에 존재하며 공존하고 있고 그 둘을 갈라놓는 물리적인 선’을 ‘경계’라고 부른다. 우리는 ‘경계’가 갈라놓는 ‘두 가지 공존하는 세계’에 대한 정보를 이미 가지고 있으며 그 '경계를 넘어 섰을 때' 어떤 일이 발생할 지에 대해서도 잘 알고 있다. 즉, 두 나라를 갈라놓는 '국경선'을 상대방 국가의 허락없이 넘었다면 총에 맞거나 체포될 것이고, 옆집과 우리 집을 갈라 놓는 '담'을 넘어 옆집에 무단으로 침입한다면 무단 침입죄로 체포될 것이다. 또한 관계가 소원해진 여자친구와의 관계를 호전시키기 위해 그녀에게서 아무런 동의도 받지 않고 갑자기 그녀와 나의 입술과의 '경계'를 넘어 그녀 입술에 '뽀뽀'를 해버린다면 대부분의 경우 절교를 당할 가능성이 매우 높다 (물론 관계가 호전 될 수도 있다. 아주 아주 드문 경우에 말이다. 하지만 최악의 경우 성추행으로 고발당할 수도 있다).

자, 지금까지 '한계'와 '경계'의 정의에 대해 설명했으니 이제는 제목에 나온 골치 아픈 녀석인 '한계효용 체감의 법칙'에 대해 알아보자. 전술한 바와 같이 '한계'라는 단어는 '무엇 무엇의 한계'라는 식으로 자주 쓰이는데, 이 법칙에 사용된 '한계'라는 단어는 뭔가 순서가 바뀌어 뒤죽박죽 되어 있는 느낌이다. '효용의 한계'도 아니고 '한계 효용'이라니 (똑같은 딜레마가 '한계비용 체증의 법칙'에서도 발생한다)? 그리고 또 '효용'이라는 단어도 잘 이해되지 않는다. '효율'도 아니고 '효용'이라? 아, 이건 정말 우리들에게 별로 친숙한 단어가 아니다. 설상가상으로 '체감(遞減)'이라는 말까지 나온다. '체감'이라니, 이건 또 무슨 말인가? 누가 이 말을 만들었는지 모르겠지만 정말 이 말을 만든 사람조차 이 단어들의 뜻을 제대로 알고나 만든 것일까?

자, 그러면 우리를 더 헷갈리게 하는 한글 번역본은 아예 무시하고 영어 원문을 살펴보기로 하자. '한계효용체감의 법칙'은 영어로 'Law of diminishing marginal utility'라고 한다. 영어 원문의 앞의 세 단어는 그래도 좀 친숙한데 '한계 효용'이라고 불리는 'Marginal Utility'라는 녀석은 뜻이 잘 와닿지 않는다. 그렇다면 먼저 'Marginal'이라는 단어부터 영영사전에서 찾아보자. 'Marginal'에는 여러가지 뜻이 있지만 '한계'와 비슷한 뜻이 있는지 찾아보니 'situated at a border'라는 말이 나온다. 이 말인 즉슨 곧 '경계면에 위치한'이라는 뜻이 되시겠다. 하지만 아무리 많은 사전을 뒤져봐도 'Marginal'의 뜻 중에는 '한계'라는 전혀 찾을 수가 없다. 그렇다면 도대체 '한계효용 체감의 법칙'에서 '한계'란 말은 어디서 나온 것일까.

궁금하지만 일단 호기심은 접어두기로 하고, 다음으로 넘어가서 'Utility'의 뜻을 사전에서 찾아보자. 'Utility'는 우리말로는 '효용 (인간의 욕망을 충족시킬 수 있는 재화의 효능)'으로서, 영영사전에는 'the usefulness of something, especially in a practical way'라고 설명되어 있다. 즉, 이 말인 즉슨 '실용적인 측면에서의 유용성'으로 해석할 수 있겠다. 그렇다면 'Marginal Utility'란 '경계에 위치한 유용성 또는 효능'이라는 뜻이 될텐데, 이건 뭐 그 정확한 뜻은 파악하지 못한 채 점점 더 깊은 미궁으로 빠져 드는 느낌이다. 그렇다면 그 속 뜻을 제대로 알기 위해 이제는 어쩔 수 없이 미시경제원론 한국어판을 펼쳐봐야겠다.

한계효용 체감의 법칙 : 재화의 소비가 증가할수록 그 추가분의 소비에서 느끼는 주관적인 만족 또는 즐거움의 크기는 점점 줄어든다는 법칙.

아니, 이건 좀 어렵게 써놓기는 했지만 정말로 삼척동자, 아니 백일된 아기도 알 수 있는 법칙, 아니 현상이 아니던가. 우리 일상생활에서의 예를 들면, 격한 운동을 한 후 목이 아주 아주 마를 때 1리터 페트병에 든 콜라를 병나발을 불면서 마신다고 생각해보자. 첫 한 모금은 마치 제우스 신께서 내려주신 넥타를 마시는 것과 같은 황홀감을 느낄 것이겠지만 일정 양 이상을 마시게 되면 (사람에 따라 정도의 차이는 다소 있을 수 있겠지만) 대부분의 경우 달달하고도 톡쏘는 콜라 맛에 질려버리지 않던가. 비록 이 세상에는 '중독'과 같은 일정 사물이나 행동에 대한 비정상적인 집착 현상도 존재하긴 하지만, 일정한 시간 내에 식품을 포함한 동일한 물건을 계속 소비하거나 동일한 놀이를 지속적으로 즐긴다면 질리기도 하고 쉬고 싶기도 하는 등 그 재미가 반감되는 것은 지당한 사실 일 것이다. 그런데 법칙의 이름을 지으려면 이해하기 쉽게 좀 잘 짓던가 할 것이지 '한계효용 체감'이라니, 이게 도대체 어느 나라 말이란 말인가. 우리가 사용하는 대부분의 경제학 용어도 기타 사회과학 용어들과 같이 일본에서 온 것들이 많은데, 아니나 다를까, 일본어 사전을 한 번 찾아봤더니 '한계효용체감의 법칙'이란 말이 한자어 토씨 하나도 바꾸지 않고 존재하는 것이 아닌가. 일본사람들은 발음을 포함해서 전세계에서 영어를 못하기로 유명한데, 우리는 이 세상에서 영어를 가장 못하는 사람들이 그들의 언어로 번역한 용어를 쓰고 있다니

이 얼마나 한심한 일인가. 우리는 쓸데없이 이해하기도 어려운 일본에서 건너온 용어를 쓰지 말고 이 세상을 사는 사람이면 누구나 다 겪는 이 현상, 아니 법칙의 이름을 영어 원문을 활용해서 그 누구라도 이해할 수 있도록 아주 쉽게 지어보자.

먼저 초콜렛을 예로 들어 'Marginal'에 대한 정확한 번역을 붙여보자. 달콤한 초콜렛 또한 처음에는 너무나도 맛있겠지만 한 개, 두개 하고 계속해서 먹다보면 어느 순간 그 달콤함에 질리며 '쾌락'이 '불쾌감'으로 바뀌지 않는가. 즉, 초콜렛을 세개 먹었을 때는 이 초콜렛이 정말로 혀에서 살살 녹았건만 네개째를 입에 넣는 순간 그 좋았던 초콜렛의 달콤함은 바로 느끼함으로 전환되지 않던가. 그렇다면 초콜렛 세개와 네개 사이에는 무엇이 존재하는가. 그것이 바로 쾌락에서 불쾌감으로 바뀌는 '경계'이며 이는 'Marginal'의 원뜻이 아니던가. 그렇다면 도대체 '한계'라는 말은 어디서 나온 것일까? 우리가 느낄 수 있는 쾌락의 한계란 뜻인가? 정말로 이해가 되지 않으니 혹시라도 아시는 분은 나에게 설명을 해줘 보시라.

이번엔 'Utility'다. 위에서 설명한 바와 같이 'Utility'는 '인간의 욕망을 충족시킬 수 있는 재화의 효능이며 유용성'이라고 할 수 있는데, 이렇게 어렵게 쓸 것이 아니라 그냥 위에서 필자가 쓴 데로 '쾌락(快樂)'이라고 하면 되지 않는가. '쾌락'은 한국에서는 다소 성적(性的)인 뉘앙스를 풍기며 '좋은 것이긴 하나 자제 해야 할 금기(禁忌)'를 나타내는 부정적인 의미도 내포하고 있지만, 한자의 종주국인 중국에서는 그 어떠한 가치의 개입없이 그냥 '즐거운 것'을 쾌락이라고 한다 [중국의 예능 프로그램중 쾌락대본영(快樂大本營)이라는 유명 버라이어티 쇼도 있는데, 한국 공중파에서는 '쾌락'이라는 단어가 내포하고 있는 의미 때문에 '쾌락'을 써서 프로그램의 제목을 짓기는 어려울 것이다]. 또한 '쾌락'의 한자 뜻을 그대로 살펴보면 '아주 빨리 기분이 좋아지다'라는 뜻이다. 목말라 죽겠는데 시원한 콜라를 들이켜보라. 금방 기분이 좋아지지 않는가? 무슨 어려운 '효용'이라는 국적불명의 단어를 쓰는가? 그냥 '쾌락'이라고 쓰자.

이제 '한계효용체감의 법칙'중 주요한 단어를 쉽게 바꿔놓았으니 법칙 자체도 쉬운 말로 바꿔보자. 여기서 우리는 관점을 전환해서 '한계'가 아니라 '한 개'로 용어를 바꿔보자. 즉, 초콜렛 세개를 먹었을 때까지는 쾌락이 계속 올라갔지만 네개째를 먹었을 때는, 즉 '한 개를 더 먹었을 때는 쾌락이 감소한다'고 말이다. 그러면 무슨 법칙이 나오는가? '한 개를 더 먹었을 때의 쾌락 감소의 법칙'이 나온다. '한계 효용 체감의 법칙'과 같은 알 듯 말 듯한 법칙보다는 이렇게 부르는 것이 훨씬 쉽지 않은가? 도대체 왜 원문에 있지도 않은 '한계'라는 말을 들먹여서 그렇지 않아도 골치 아픈 우리들을 더더욱 불행하게 만드는가?

입에서 살살 녹는 초콜렛도,기름기 좔좔 흐르는 삼겹살도 계속 먹다 보면 질리고, 잘생긴 남자 친구의 얼굴도 계속 보다 보면 지겨운 법이다. '한계효용체감의 법칙', 그냥 '한 개 더 소비했을 때의 쾌락 감소의 법칙'이라고 부르자. 이과 (理科) 계열을 전공한 사람들이 문과 전공한 사람들을 깔 때(?) 흔히 '자연과학자들은 어렵고 복잡한 자연 현상을 아름답고 간단한 공식으로 설명하지만 인문학자들은 달이나 전보대 같이 뻔히 보이는 쉬운 사물을 어렵게 설명한다'고 한다. 콜라던 초콜렛이던 삼겹살이던 많이 먹으면 질리는 현상, 쉽게 좀 설명하자. 쉽게 하면 어디가 덧나는가?

제5장.

Capture Theory는 ‘포획 이론’이 아니라 ‘매수 이론’이다?

2017년, '미투 (Me,Too)' 열풍이 세계를 거세게 휘감았다. 우리나라에서도 많은 '남성' 유명인사들이 연루 되어 일부 인사는 형사 고발되는 등 재판을 기다리고 있으며, 일부는 스스로 이 세상을 등지기도 했고 또 다른 일부는 자기는 절대 결백하다며 오히려 무고죄로 자신을 고발한 사람을 고소하기도 했다. 우리 모두가 진정으로 분노하고 또 놀랐던 것은 그 '남성' 들의 정체 때문이었는데, 지금까지 그들은 방송이나 언론 등에서 자신들은 사회적으로 성공했음은 물론 도덕적으로도 완전무결한 '절대 선 (善)'이라고 큰소리로 떠벌이고 다녔기 때문이었다.

이러한 미투 운동에서 적발된(?) 남성들 외에 일부의 정부 고위 관료와 판검사들도 사회적인 지위와 권력을 이용해서 각종 편의를 봐준다는 명목 하에 금품수수는 물론 성접대까지 받았음이 밝혀졌는데, 영화에서도 자주 소개되는 것과 같이 그런 '탐관오리'들도 처음 공직 생활을 시작했을 때는 의협심으로 똘똘 뭉쳐 '내 한몸 희생해서 국가를 발전시키고 이 사회에서 정의를 실현해 보겠다'는 사람이 대부분이었을 지도 모른다. 하지만 자신이 원하던 원하지 않던 간에 사회에 점점 때가 묻으며 자기 앞에서 굽신 굽신하며 제발 한 번만 봐달라면서 돈다발과 천하절색의 미녀를 안겨주는 세력에 그들은 굴복(?)하고 만 것이다. 게다가 어떻게 보면 굉장히 남성 편향적인 얘기인지도 모르지만 '남성의 중년은 자신이 그때까지 지켜왔던 모든 것의 모랄 (Moral)이 무너지는 시기'라는 말도 있지 않던가. '유혹은 많은데 나는 점점 늙어가고 조금 후에는 완전 노인이 되어버릴텐데, 에라, 모르겠다, 어차피 버린 몸! 내가 이 짓을 하지 않으면 이 세상의 그 누구라도 할 텐데, 내가 이 한 몸 희생(?)해서 해버리고 말지' 하면서 은근슬쩍 유혹에 몸을 맡기게 된다. 바로 이 부정한 탐관오리들의 이러한 잘못된 행동으로부터 '포획이론'이 등장한다. 먼저 '포획이론'이 무슨 뜻이지 알아보기로 하자.

'포획이론 : 공공의 이익을 위해서 일하는 규제기관이 피규제기관에 의해 포획당하는 현상. 정부의 각종 규제는 공공의 이익을 위해 만들어지며, 규제권한을 부여받은 규제기관이 규제업무를 수행하지만 피규제기관은 자신의 이익을 위해 규제기관에 로비를 할 수밖에 없고, 규제기관은 피규제자를 보호하고 그들과 협력하는 곳으로 바뀌게 되고 일반 개인의 이익은 결국 무시되고 만다.'

뭐, 백과사전에 굉장히 복잡하게 써놓긴 했지만 간단하게 말해서 '이권을 노리고 접근하는 나쁜 놈(?)한테 공무원이 뇌물을 먹고 그 놈 편의를 봐주고 공무원도 같이 나쁜 놈이 되는 것'이다. 이렇게 써놓으면 '포획이론'의 의미는 굉장히 간단할 수도 있건만 '포획'이란 말은 굉장히 생소하게 들리며 머리에 잘 와 닿지 않는다. 그럼 일단 '포획'이란 말을 국어사전에서 찾아보자.

첫번째 뜻. 적병을 사로잡음.

두번째 뜻. 짐승이나 물고기를 잡음.

세번째 뜻. 전시에, 교전국 군함이 해상에서 적의 선박 또는 중립국의 선박을 잡는 일

위에서 알 수 있듯이 그 대상은 다를지라도 '포획'의 모든 뜻이 다 '잡고 잡힌다'는 뜻이며 '포획'당한 대상, 즉 병사나 짐승, 물고기 등은 '포획' 당할 시 매우 불행한 처지에 놓일 것이라고 미루어 짐작할 수 있다. 즉, '포획'당한 그들의 '자유 의지'는 완전히 무시될 것이고 그들은 하루 24시간 내내 그들을 사로잡은 강자(强者)가 시키는 대로 따라야 할 뿐 그 외에 그들에게 주어진 선택권은 전혀 없다. 만의 하나 자신을 사로잡은 강자의 지시에 반하여 자신의 편의를 추구한다던가 자기 맘대로 행동한다면 곧바로 극심한 신체 및 언어적인 폭력이 뒤따를 것이다. 따라서 '포획 당한 대상'은 신변의 자유는 커녕 신체의 안전도 보장 받지 못하는 작금의 상태를 그 어떠한 희생을 치르더라도 한시라도 빨리 벗어나고 싶어 할 것이다.

하지만 로비스트들을 비롯한 이익집단(앞에서 언급한 '나쁜놈')에게 협력하는 공무원들의 경우를 생각해보자. 비록 수많은 감언이설과 채찍과 당근이 있었는지 모르겠지만 그가 '더러운 유혹'에 사로잡히게 된 것은 결국은 '자신의 의지'에 따른 것이며 또한 자신의 이익을 위한 것이라 할 수 있다. 그는 일련의 '공공의 이익'에 반한 '부정부패 행위'를 통해 자신의 지위와 이익을 보장받고 이익 집단('나쁜놈')들과 한패가 되어버리는 것에 더해 점차적으로 '권력의 단 맛'을 즐기는 상태로 빠져들고, 종국에는 자신이 먼저 '나쁜 놈'들에게 '돈과 성 상납'을 요구하는 '더 나쁜 놈'이 되어 버린다. 그렇다면 그 또한 위에서 언급한 '포획'당한 병사나 짐승들과 같이 '포획'당한 상태인가? 그렇지 않다. 왜냐면 그는 지금 극도의 승리감과 행복감을 느끼고 있을 가능성이 많고 또한 이 상태에서 벗어나고 싶은 생각 또한 매우 적을 것이기 때문이다. 때때로 부정부패 혐의로 처벌 받지 않을 까 하는 불안감에 휩싸일 수도 있지만 '이미 버린 몸'이라고 생각하며 더더욱 타락의 나락으로 빠져들어가 버린다. 결론적으로, 그는 '포획' 당하지 않았으며 따라서 '포획 이론'이라는 명칭은 옳지 않다.

그렇다면 이 용어의 올바른 명칭은 무엇일까. 이를 위해 영어원문을 살펴 보자. 포획이론의 영어 원문은 'Capture Theory'이며, 'Capture'의 뜻은

Capture

첫번때 뜻. 'to take someone as a prisoner, or to take something into your possession, especially by force' 무력을 이용해서 포로로 잡다

두번째 뜻. 'to succeed in getting something when you are competing with other people' 타인과 경쟁에서 승리하여 원하는 것을 얻다

세번째 뜻. 'If something captures your imagination or attention, you feel very interested and excited by it.' 어떤 것이 당신의 관심을 강하게 끌다.

'Capture'라는 단어의 사전적인 뜻에 근거하여 '포획이론'이라는 명칭을 폐기하고 올바른 용어를 붙인다고 한다면, 필자는 'Capture'의 세번째 뜻에 근거하여 '이익집단이 제시한 이권 (즉, 돈이나 성접대 등)이 탐관오리의 혼을 빼놓았다'고 하는 의미에서 '정책 결정권자 혼 빼놓기 또는 홀리기 이론'으로 명명하고 싶다. 이 용어가 머리에 잘 와닿지 않는가? 그렇다면 간단하게 '포섭이론' 또는 '매수이론'은 어떤가. 그에 대한 근거로서, '포섭'당하거나 '매수' 당한 공무원은 이제 이익집단(나쁜 놈)과 한배를 탔으며, 그들과의 결탁을 통해 국가나 국민의 이익은 완전히 도외시하고 자신의 사적인 이익만을 챙기기 때문이다.

공공의 이익에 반해 자신들만의 이익을 위해 같은 배를 탄 그들, 그들의 관계는 적대적인 관계도 아니고 덫에 걸린 불쌍한 토끼와 사냥꾼의 관계는 더더욱 아니다. 그들은 동업자이며, 서로 서로 '포획하고 포획당하는 관계'가 아니라 '포섭하고 매수되며 서로 협력하는 관계'인 것이다. 물론 그런 쓰레기 같은 인간군들이 적으면 적을수록 민주정의사회라고 할 수 있으며 한 사회가 구현할 수 있는 사회적인 가치와 국민들의 복지수준은 점점 높아질 것이라 할 수 있을 것이다.

제6장.

Asymmetric Information은 '정보 비대칭'이 아니라 '정보 독점'이다?

[영화 '미션 임파서블 3'의 한 장면]

Owen Davian : The Rabbit's Foot, where is it? 토끼 발은 어디있냐?

Ethan Hunt : I, gave it to you...? 내가 이미 주지 않았나?

Owen Davian : Ethan, where's the Rabbit's Foot? (이게 어디서 장난질이야?) 야, 토끼 발 어딨냐고?

What I did to your friend was...fun. It was fun. 내가 니 친구한테 했던 거, 정말 재밌던데? (또 작살낼까?)

Ethan Hunt : Please...I can get you the rabbit's foot...please... don't do it, don't fuXXXXX do it! 제발, 내가 너한테 토끼 발 찾아 줄게, 제발, 제발 하지마, 젠장! 아, 씨X!

Owen Davian : Four, three, two, one··· 하나, 둘, 셋, 넷··· (쏜다, 쏜다, 토끼 발 안주면 쏜다. 이래도 안 줄래? 이 XX야?)

1970 ~ 80년대에 TV에서 방영했던 '딱따구리'라는 만화영화를 기억하시는가? 필자가 초등학교 시절 그 만화영화를 볼 때는 그냥 단

순히 내용이 재미있고 주인공인 '딱다구리'의 '에헤헤헤헤'하며 웃는 소리가 매우 인상적 이었다고만 생각했었는데, 지금 돌이켜 생각해 보건 데 그 만화영화의 주된 내용은 딱다구리를 잡으러 쫓아 다니는 사냥군과 그를 피해 도망 다니는 딱따구리가 벌이는 해프닝이 대부분이었다. 그리고 딱다구리보다 더 대중적인 사랑을 받았던 만화영화인 '톰과 제리'를 기억하는가? '톰과 제리'의 대부분의 내용 역시 고양이인 '톰'이 고양이의 본능대로 자신의 먹이감인 생쥐(제리)를 끊임없이 잡으러 쫓아 다니는 내용이었다 [혹자는 현실 속에서 딱다구리와 생쥐가 사냥꾼과 고양이의 손쉬운 사냥감이 되지만 극중에서는 지혜롭게 요리조리 피해다니며 용케 살아남기에 그들이 피압박민족이나 피지배계급을 상징한다고 하지만 "예술은 해석하는 것이 아니라 체험하는 것이며, 절대로 확대 해석을 해서는 안된다"라고 하신 거장 스탠리 큐브릭 감독의 말처럼 만화영화는 그냥 '만화영화' 자체로 이해하기로 하자].

이러한 TV용 만화영화와는 달리 헐리웃 영화, 특히 첩보영화의 주요 내용은 어떤가? 첩보영화 사상 가장 유명한 연작 시리즈 영화로 꼽을 수 있는 영국 스파이 '제임스 본드'가 나오는 '007'이나 미국 첩보원 '에단호크'가 나오는 '미션 임파서블 시리즈'를 통해 그 내용을 한번 간단히 알아 보도록 하자. 본 장의 도입부에서도 간단히 언급한 바와 같이 헐리웃 첩보영화의 주요 내용은 매우 매우 단순하다. 악당 (여자도 있긴 하지만 대부분 '나쁜 놈')은 지구 (또는 우주)를 멸망시킬 수 있는 신무기를 스스로 개발하거나 누군가로부터 빼앗으려 하고, 주인공은 그것을 막으려고 한다. 두번째, 주인공은 악당의 본거지에 대한 정보를 어떻게든 알아내서 그곳을 급습해 악당을 제거하고 인류를 구해낸다 (하지만 대부분의 영화에서 인류를 절멸시킬 만한 위력을 가지고 있는 신무기의 뒷 처리에 대해서는 언급이 없다). 자, 그렇다면 주인공과 악당이 영화 내내 자신의 손에 넣기 위해 노리는 것은 무엇일까? 그것은 바로 '정보'이다.

악당은 가공할 만한 신무기를 개발 할 수 있는 기술에 대한 '정보'를 알아내서 스스로 신무기를 개발하거나, 신무기를 이미 가지고 있는 사람에 대한 '정보'를 알아내어 그것을 뺏으려고 한다. 그에 반해 주인공은 어떻게든 악당의 본거지에 대한 '정보'와 그의 약점에 대한 '정보'를 알아내어 그의 음흉한 흉계(?)를 저지시키려고 한다. 만약 악당이 신무기를 만들어 낼 수 있는 정보를 이미 손에 넣었다면, 또한 주인공이 벌써 악당의 본거지가 어디인지 알고 있다면 그 중요한 정보를 손에 넣기 위한 일련의 활동들이 필요 없어지면서 (즉, 영화의 서론과 본론이 생략되면서) 영화는 곧 바로 결론, 즉 악당과 주인공의 '끝장 맞대결'로 바로 치달을 것이다 (하지만 언제나 '착한 사람'인 주인공이 이긴다. 뭐, 그러니까 주인공이겠지만). 하지만 영화 표를 구입한 관객에게 러닝타임 최소 90분은 '킬링타임용'으로 보장해야 하기에 영화 내내 '백이면 백' 악당은 신무기에 대한 광적인 집착을 보이며 그에 대한 '정보'를 얻으려고 발버둥치고, 주인공은 돈 때문인지 아니면 정말로 인류를 구원하려고 하는 신성한 의무 때문인지 확실치는 않지만 악당에 대한 정보를 얻으려고 안간힘을 쓴다. 즉, 이 글의 초입에서 언급한 것과 같이 '미션 임파서블'의 악당 (필립 시이모어 호프만 분)은 '토끼 발'에 대한 정보를 빼내려고 에단 호크 (톰 크루즈 분)의 동료들을 죽이겠다고 협박하면서 주인공을 압박하고 (유감스럽게도 영화 끝까지 '토끼발'의 정체는 밝혀지지 않고 영화배우라기 보다는 옆집 아저씨같던 필립 시이모어 호프만은 이미 사망하여 이제 '토끼발'의 정체를 알아내는 것은 이제 완전히 불가능해지고 말았다…) 제임스 본드는 악당이 어디 있는지를 알아내기 위해 악당에 대한 정보를 가지고 있는 자에게 미인계를 쓰기도 하고 극렬한 수준의 고문과 폭력을 가하기도 한다 (007은 살인면허이기 때문에 '미션 완수'를 위해서는 얼마든지 사람을 죽여도 되기에 '나쁜 놈'에 대한 고문이나 폭력은 기본이다).

헐리웃 첩보영화의 주인공과 악당은 위에서 살펴 본 바와 같이 자신이 원하는 '정보'를 얻기 위해 영화 내내 서로 혈투를 벌이는 바, 이것을 경제학 용어로 표현하면 그들은 자신의 '정보 비대칭성'을 극복하기 위해서 '피 터지게' 뛰어다닌다고 할 수 있다. 그런데 '정보의 비대칭성'이라니? 정보를 '독점' 한다던지 아니면 정보가 '부족' 하다는 말은 많이 쓰건만 이 '비대칭'이라는 말은 참으로 생소하다. 도대체 왜 이번엔 어렵고도 낯선 수학 용어인 '비대칭'이라는 용어까지 들먹여 가며 우리를 헷갈리게 하는가? 자, 이제 우리는 정보의 비대칭 (Asymmetric Information)을 쉽게 표현 할 수 있는 방법을 한번 찾아보도록 하자.

'비대칭'이라는 말을 알기 위해서는 먼저 '대칭'이라는 말을 알아야 한다. '대칭'이란 '점이나 직선 또는 평면의 양쪽에 있는 부분이 꼭 같은 형으로 배치되어 있는 것'이라고 한다. 이것은 쉽게 말해서 다른 두 물체 (또는 부분)이 서로 좌우 또는 상하로 똑 같은 모습을 가지고 있다는 뜻으로, 사람의 얼굴이 좌우로 대칭이며 손뼉을 치려고 오른손과 왼손을 마주 댔을 때 오른손과 왼손이 대칭이다. 하지만 불행하게도 왼손 새끼 손가락 하나를 잃었다면 그것은 대칭이 아니고 비대칭, 즉 나쁘게 얘기해서 '짝짝이'가 된다. 이러한 경우에 좌우가 '일대일 대응'이 되지 않으면서 어느 한쪽은 유리하고 다른 한쪽은 불리한 상황이 발생하게 된다. 만일 왼손과 오른손의 크기를 정보의 양이라고 가정한다면 손가락 하나를 잃은 왼손은 오른손보다 정보가 적거나 부족한 상황, 즉 '정보의 비대칭' 상황에 처하게 되는 것이다.

문학에서 그 적합한 예를 찾아본다면 '키다리 아저씨'라는 소설이 '정보 비대칭' 상황에 적합한 경우가 아닐까? 주인공은 자신을 물심양면으로 도와주는 키다리 아저씨의 정체가 누군지 몰라 그냥 '키다리 아저씨'라고 부르지만 그 아저씨는 나를 아주 잘 알고 있다.

영화를 예로 들면, 톰 행크스와 멕 라이언이 출연한 영화 'You've got mail'이 그 적합한 예가 될 것인바, 그 영화에서 대형서점 사장인 톰 행크스는 '소형 동네서점' 주인인 멕 라이언에게 하루가 멀다 하고 이메일을 퍼붓지만 자신의 정체를 숨기고 심지어 그녀를 몰래 미행하기까지 한다. 그리고 TV 프로그램을 예로 들면 '몰래 카메라'가 '정보의 비대칭'의 전형적인 사례가 아닐까? 관객들은 '몰래 카메라'의 대상이 된 사람 (대부분의 경우 유명 연예인)과 그가 겪게 될 상황에 대해 모든 정보를 가지고 있는 것에 더해 그의 당황한 모습을 비웃기까지 하지만 몰래 카메라의 주인공은 상황을 전혀 파악하지 못한 채 조작된 상황 속에서 실수를 연발한다.

우리가 사는 현실 세계에서도 '정보의 비대칭' 상황을 교묘히 이용해서 정보를 많이 가진 사람이 정보를 갖지 못한 사람을 농락하는 경우가 적지 않게 발생하며, 그 대표적인 예로서 중고차 시장을 들 수 있을 것이다 (실제로는 많이 개선되었다고 한다). 판매자는 차량의 사고 이력과 원초적인 구조 결함 등 자신이 판매하고자 하는 차에 대한 정보를 훤하게 꿰뚫고 있지만, 구매자는 아주 예외적인 경우를 제외하고는 거의 '백치' 수준'이라고 할 수 있다. 중고차 시장 뿐만이 아니라 신차 시장에서도 정보의 비대칭이 존재 할는지 모른다. 지난 2018년 세계 최고의 자동차회사 중 하나로 꼽히는 회사에서 생산한 자동차가 지속적인 화재 사건을 일으켰건만 해당 회사는 그 화재 원인에 대해 소비자가 납득할 만한 수준의 설명을 제공하지 못하고 있다. 일반 소비자들은 그 회사가 정말로 그 원인을 모르는 것인지 아니면 원인을 알고 있지만 소비자의 '정보 비대칭성'을 계속 유지시키기 위해서 은폐하고 있는 것인지 알 도리가 없다.

결론적으로, '정보의 비대칭성'이라는 말은 위에서 살펴본 바와 같이 정보를 가지고 있는 사람의 측면에서는 '정보 독점', 정보를 갖지 못한 사람의 측면에서는 '정보 부족'으로 표현 할 수 있을 것이다. 그렇다면 'Asymmetric Information' 또한 '비대칭성'과 같은 고차원적(?)인 수학용어를 사용하는 것 대신 쉽게 '정보 독점' 또는 '정보 부족' 이라고 표현하면 어떨까? 영화 내내 죽기살기로 싸우는 주인공과 악당, 그들은 '정보의 비대칭성'을 극복하려고 하는 것이 아니라

'정보의 부족 현상'을 극복하기 위해 피를 흘리고 있는 것이라고 말이다.

'정보 비대칭'이라는 용어를 최초로 만들어 낸 사람은 이 용어를 듣는 일반인들이 무슨 뜻인지 이해하지 못하도록, 즉 '정보 비대칭' 상태에 놓이게 하기 위해서 이 용어를 만들어 낸 것이 아닐까. 그렇다면 우리는 더더욱 이 불합리한 '정보 비대칭', 아니 '정보 부족'현상에서 벗어나기 위해서 '정보 비대칭'이라는 말 대신 쉬운 '정보 부족' 또는 '정보 독점'이라는 말을 사용하도록 하자.

제7장.

Vicious Circle은 ‘악순환’이 아니고 ‘지속적인 악화’이다?

"대학 1학년은 '풍요 속의 빈곤', 2학년은 '부익부 빈익빈', 3학년은 '빈곤의 악순환', 그러면 4학년은?"

1980년대 말이나 1990년대 초에 대학생활을 했던 분 들은 '빈곤의 악순환'이라는 용어가 단지 경제학적인 의미 뿐만이 아니라 '연애 생활에 있어서의 빈궁함' 이라는 뜻을 가지고 있다는 것을 기억하고 있을 것이다. 당시에는 여러 정치적인 이유로 학생 운동이 매우 활발했지만 최루탄이 하루가 멀다 하고 날아다니던 대학에서도 많은 이들이 낭만적인 사랑을 꿈꾸었으며, 요즘과 같이 정보통신이 발달되지 않았기에 새로운 이성을 만나기 위해서 지극히 'Off-Line'적인 '집단(?) 미팅' 또는 '일대일 소개팅'을 하거나 그런 건수도 없으면 길가는 여자를 쫓아가서 전화번호를 따내는 '헌팅'을 하기도 했다. 하지만 '미팅'과 같이 집단적으로 '떼'를 지어 몰려 나갈 경우 자신이 원하는 상대방을 '콕' 찍어서 파트너를 정할 수 있는 것도 아니었고 대부분 운에 맡기는 '사다리'를 타거나 남자 참석자의 소지품을 여자 참석자들이 하나씩 고르는 'Random' 방식으로 파트너를 정하는 경우가 많았기에 자신의 이상향을 만날 확률은 거의 'Zero'에 가까웠다.

단체 미팅에서 몇 번 실패한 후 '일대일 소개팅'으로 만남의 'Format'을 바꿔봐도 이 또한 현재의 결혼 정보업체같이 내가 원하는 상대방의 스펙을 상세히 기입한 후 마음에 드는 상대를 골라서 만날 수 있는 것도 아니고 그냥 선배나 친구, 때에 따라선 사촌누나 등을 통해서 역시 'Random'한 이성을 만나는 것이므로 이 또한 성공 확률이 그다지 높지 않았다.

그러다 이도 저도 안되면 이제는 헌팅을 시도해 보기도 한다. 하지만 아무리 남자가 잘생기고 허우대가 멀쩡해도 벌건 대낮에 같이 차 마시자면서 '찝적 찝적' 거리는데 따라갈 여자가 어디에 있을까. 따라서 헌팅의 성공률 또한 단체 미팅이나 소개팅의 그것과 크게 다르지 않았다.

대학 1학년 때에는 그래도 단체 미팅 건도 심심치 않게 생기고 능력 있는 선배들이 만남을 주선하는 경우도 적지 않건만, 남자는 동갑인 여자가 부담스럽고 여자는 자신들보다 미성숙해 보이는 동년배의 남자가 좀 '우스워' 보이는 법이다. 그래서 1학년은 그냥 간다. 그래서 대학 1학년은 '풍요 속의 불황'이다.

2학년 때에도 간혹 소개팅 건수가 생기긴 하지만 대부분 남자들이 2학년을 마치고 군대에 가기에 미래(?)가 보이지 않아 서로간의 관계가 많이 진전되기 어렵고 또한 남자들은 1학년때 대부분 엉망으로 만들어 놓은 학점을 어느 정도는 수습하고 군대에 가야 마음이 조금은 편하기에 소개팅도 애프터 신청도 조금은 부담스럽다. 하지만 여자들에게 인기있던 녀석들은 여자 친구가 있음에도 어떻게 '알음 알음' 알아서 새로운 여자와 소개팅을 하고 '깨작깨작' 양다리를 걸치곤 했고 그러는 동안에도 또 다른 여자를 찾아 헤맸다. 그래서 2학년 때는 '부익부 빈익빈'이다.

자, 이제 2학년을 마치고 군대에 갔다 온후 남자들은 예비역으로 3학년에 복학을 한다. 이제는 먹고 살 걱정으로 몸도 마음도 바쁘다. 그래서 영어공부에, 학과공부에, 스터디에, 취업 정보 습득에, 생존을 위해 열심히 뛰어다닌다. 하지만 그렇게 바쁜 와중에도 가슴속 한 편으로 불현듯 밀려드는 공허감과 외로움. 어쩌다 소개팅 건수라도 하나 생기면 만사 제쳐 놓고 달려가고픈 마음이 굴뚝 같건만 이제는 능력 있는 선배도 없고 후배들에게 부탁하기는 쪽(?) 팔리고, 참으로 껀수가 없다. 그래서 3학년은 끝없는 빈곤이 계속되는 '빈곤의 악순환'이란다.

자, 그렇다면 4학년은? 불행히도 대학 4학년때의 연애 상황을 표현하는 용어는 없다. 학점 취득이나 취업 등 먹고 살 궁리에 치여 이성교제에는 큰 관심을 두기 어려운 가 보다.

자, 이제 대학교 3학년의 연애 참상(?)을 표현하는 용어인 '빈곤의 악순환'의 정확한 의미에 대해서 얘기해 보기로 하자. '빈곤의 악순환'에서의 '악순환'은 영어로 'Vicious Circle'인데, 정확한 의미를 모르고 그냥 딱 봐도 '좋지 않은 일이 계속적으로 반복된다'는 얘기 같다. 하지만 그 정확한 의미를 알기 위해 국어사전에서 그 뜻을 한번 찾아보자.

악순환. 나쁜 현상이 끊임없이 되풀이 됨. 예를 들면 인플레이션 말기에 물건가격이 오르면 임금이 오르고 따라서 통화가 증발되어 다시 물건 가격이 오르는 현상 따위 등.

그렇다면 '악순환'이라는 말을 들었을 때 여러분의 머리속에 떠오르

사물은 무엇인가? 필자는 '쳇바퀴를 도는 다람쥐'가 생각난다. 지금으로부터 어언 50년 전인 1970년대초, 지금 (2019년)과 비교해서 물자는 부족하고 볼 것은 참으로 없던 시절, 어쩌다 한번 잡화를 가득 싣고 우리 동네로 물건 팔러 오는 트럭은 참으로 반가운 존재였다. 팔려고 내놓은 건지 아니면 단순한 손님 끌기용 구경거리인지 확실치는 않지만 그 잡화 트럭에는 항상 틀에 갇혀 쳇바퀴를 쉴새 없이 돌려대는 있는 다람쥐가 있었다. 그 다람쥐는 자신이 탁트인 야외에서 뛴다고 생각하는 건지 아니면 그 좁은 틀 안에서 특별히 할 일도 별로 없기에 계속 돌리고 있는 건지 모르겠지만 아무튼 한시도 쉬지 않고 계속 쳇바퀴를 돌리고 있었다. 하지만 '쳇바퀴'는 이름 그대로 '쳇바퀴'이기에 다람쥐가 아무리 열심히 돌린다 한들 단 1밀리도 앞으로 나아가지 못했고 그 불쌍한 다람쥐를 케이지 밖으로 구출해 주지도 못했다.

고등학교 때 '악순환'이란 용어를 처음 들었을 때 필자는 그 쉴새없이 쳇바퀴를 돌리던 다람쥐를 떠올렸고, 그 '악순환'이라는 용어를 '돌을 정상까지 굴려 올리면 그 돌이 다시 맨 밑 바닥으로 굴러떨어져 다시 그 돌을 다시 정상으로 끊임없이 밀어 올려야만 하는' 그리스 신화에 나오는 '시지프스'와 같이 '폐쇄된 일정한 장소에서 그 어떤 희망도 없이 동일한 단순반복적인 패턴이 계속 되는 것'으로 이해했다 (다람쥐 쳇바퀴와 비슷한 것이 소위 말하는 헬스클럽에 있는 '러닝 머신'인데, 러닝 머신은 본래 영국에서 죄수들을 고문하는 기구로 발명되었고 그 어떤 고문보다 더 효과가 있었다고 하니 '희망없는 단순반복적인 행동'이 얼마나 사람을 괴롭히는 것인지 알 수 있다). 하지만 그 뜻이 정말로 맞는 것일까? 이제 '악순환'의 영어 원단어인 'Vicious Circle'을 영어 사전에서 찾아서 그 정확한 뜻을 파악해 보자.

Vicious Circle

a continuing unpleasant situation, created when one problem causes another problem that then makes the first problem worse

악순환 : 한가지 문제가 또 다른 문제를 일으키고 본래의 문제가 지속적으로 악화되는 불행한(?) 상황

여기에서 주목할 것은 무엇인가? 그것은 바로 'Worse', 즉 단순히 상황이 나쁜 'Bad'가 아닌 '악화'라는 것이다. 앞에서 설명한 대학교 3년생의 연애생활인 '빈곤의 악순환'은 무엇인가? 그냥 이성친구가 없는 상태가 지속되는 것이고 더 이상 나빠질 것도 (물론 좋아질 것도) 없는 상태이다. 어찌보면 여친이나 남친을 사귀지 않는 것이 이별 후의 후유증 같은 것을 겪지 않아도 되고 돈도 절약할 수 있으므로 별 볼일 없는(?) 이성교제보다 더 나을 수도 있다. 또한 쳇바퀴를 도는 다람쥐도 마찬가지이다. 다람쥐가 쳇바퀴를 아무리 돌려도 앞으로 전진하지는 못하지만 그래도 후진하지도 않기에 어차피 다람쥐가 잃을 것은 별로 없다. 하지만 이러한 '좋아질 것도 없지만 더 이상 나빠질 것도 없는 상황'이 악순환인가? 그렇지 않다! 우리가 앞에서 'Vicious Circle'의 정의를 살펴본 바와 같이 이는 '단순한 나쁜 상태의 지속 또는 반복'이 아닌 '본래의 문제가 계속적으로 악화'되는 것이다. 그렇다면 이는 다람쥐가 쳇바퀴를 계속 같은 장소에서 돌리는 것이 아니라 동그란 맨홀 뚜껑이 쳇바퀴와 같이 반복적인 원 운동을 함과 동시에 가파른 경사면을 따라서 밑으로 밑으로 추락하는 직선운동도 같이 하는 것이다! 이 상황은 전진도 후퇴도 없이 한자리에서 빙빙 반복적인 원운동을 하는 것과는 너무나도 다른 상황이 아닌가.

결과적으로,'Vicious Circle'은 '지속적인 악화'이며, '빈곤의 악순환'이라는 말은 오늘 굶고 내일도 굶는 것이 아닌 오늘은 빵 반조각이라도 먹었건만 내일은 4분의 1조각, 내일모레는 8분의 1조각으로 점점 상황이 나빠지는 것이며, 연애 생황에서의 '빈곤의 악순환'이란 이성친구가 오늘도, 내일도 그리고 한달 후에도 없는 상태가 지속되는 것이 아니라 오늘은 그래도 아주 별볼 일 없는 건수라도 하나 있었건만 내일은 그러한 건수도 없는 것이고 한달 후에는 그나마 비벼댈 언덕 (이성을 소개시켜달라고 말이라도 건낼 수 있는 대상, 즉 친구나 선후배) 등도 완전히 없어져 버리는 상황이 되시겠다.

2020년을 지척에 앞두고 있는 오늘, 온라인 채팅은 물론 무료 만남 앱까지 등장하는 등 이제는 귀찮아서 안하는 것이지 원하기만 하면 자신이 좋아하는 스타일의 이성과 얼마든지 연결될 수 있는 시대가 되었다. 이러한 과학기술의 도움에 힘입어 이제는 예전 1990년대 대학 3학년생같이 '빈곤의 악순환'을 격는 젊은이가 한명도 없기를 바란다. 단순한 이성 친구의 부재가 아닌, 모든 관계의 단절에서 오는 '빈곤한 정신의 악순환' 말이다.

제8장.

Economic Good은 ‘경제재’가 아닌 ‘유료’이고, ‘Free Good은 ‘자유재’가 아니라 ‘무료’ 이다?

"안녕하세요, 물티슈 하나 받아가세요, 공짜입니다."

길, 특히 서울 강남쪽 대로를 걷다 보면 이것 저것 '공짜로' 많이 생긴다. 그래서 누군가 그랬던가. 강남은 차에서 내뿜는 매연조차 향긋(?)하다고. 그런데 길을 걷는 불특정 다수에게 무차별적으로 배포되는 물 티슈가 정말로 공짜일까? 물 티슈를 받아서 소비할 소비자의 관점에서 본다면, 그 물 티슈는 분명 그 소비자의 돈을 주고 산 것도 아니고 또한 그 물 티슈를 받아서 사용하는 데에 돈이 드는 것도 아니기에 공짜가 맞을 것이다. 그렇다면 이 물티슈는 경제재 (Economic Good)일까 아닐까. 만일 '경제재'라는 용어의 정의를 '경제활동과 관련된 이 세상의 모든 재화(물건)'으로 규정한다면, 비록 이 물 티슈가 소비자들에게 공짜로 배포 된다고 해도 돈을 들여서 물 티슈를 만들고 겉면에 광고를 게재하는 등 일련의 '경제적인 행위'를 한 생산자의 입장에서는 '경제재'라고 해야 할 것이다. 하지만 만일 '경제재'의 정의를 '대가를 지불해야만 얻을 수 재화(물건)'으로 규정한다면 소비자가 이 물티슈를 얻기 위해 그 어떠한 대가도 지불하지 않았기에 이는 '경제재'가 아닌 대가가 없이도 획득이 가능한 '자유재(Free Good)'이라 불러야 할 것이다.

경제학 교과서에서는 흔히 '희소성이 있어서 대가를 지불해야만 얻을 수 있는 것'을 '경제재 (Economic Good)'로 정의한다. 그런데 여기서 우리는 한번 유심히 생각해 보자. '경제(Economy)'란 단어의 뜻은 우리가 흔히 알고 있는 바와 같이 '인간의 생활에 필요한 재화나 용역을 생산, 분배, 소비하는 모든 활동 또는 그것을 통하여 이루어지는 사회적 관계'를 의미한다. 우리에게 가장 잘 알려진 '경제'의 뜻이 이러하므로 '경제재'의 뜻은 '경제활동과 관련된 이 세상의 모든 재화'로 규정되어야 할 것이지만 경제학 교과서에서는 '경제재'를 어느 특정한 제품군, 즉 '희소하여 어떠한 대가를 지불해야만 얻을 수 있는 재화'로 정의하고 있기에 우리의 뇌 안에서 혼란이 발생한다. 이러한 혼란은 '경제재'와 정반대되는 뜻을 갖고 있는 '자유재 (Free Good)'에서도 똑같이 발생한다. '자유재'는 경제학 교과서에서 '대가없이도 획득이 가능한 물건'이라 정의해 놓고 있는데, '자유재'라는 말만 들어서는 대체 그 뜻이 '그 누구나 자유롭게 사용할 수 있는 물건'이란 얘기인지 아니면 '아무런 대가없이 얻을 수 있는 공짜'라는 뜻인지 헛갈리기만 한다. 여기서 우리는 '경제재'와 '자유재'의 영문 원뜻을 파악해서 제대로 된 한국어 (정확히는 한자) 이름을 붙여주도록 하자.

먼저 자유재이다. 자유재는 영어로 'Free Good'이다. 'Free'는 아주 친숙한 단어이지만 캠프리지 영어사전에서 'Free'의 정확한 뜻을 한번 찾아보도록 하자.

'Not limited or controlled' 제한이나 구속이 없는

'Free'의 첫번째 뜻은 우리가 흔히 알고 있는 뜻이다. 한마디로 '자유로운'이다.

그리고 두번째 뜻은

'Costing nothing, or not needing to be paid for' 비용이 들지 않는, 지불할 필요가 없는

이며, 이 또한 우리가 잘 알고 있는 뜻, 즉 '공짜'라는 뜻이다. 아니 그렇다면 'Free Good'은 그 경제학적인 의미(대가 없이도 획득이 가능한 물건)에 비추어 볼 때 '자유재'가 아니라 단순히 '공짜'가 오히려 더 적합한 뜻이 아닌가? 'Free Good'에서의 'Free'는 두번째 뜻인 '비용이 들지 않는'이건만 명칭은 Free의 첫번째 뜻을 갖다 붙여 '자유재'라고 하다니? 그냥 쉽게 '공짜로 얻을 수 있는 것' 또는 정말로 한자를 쓰고 싶다면 '무료재'라고 쓰면 될 일이지 무슨 거창하게 뜻도 통하지 않는 '자유재'인가?

이번에는 'Economic Good (경제재)'의 정확한 뜻을 파악하기 위해 'Economic'의 뜻도 찾아보자.

첫번째 뜻은

'Relating to trade, industry' 거래 또는 산업과 관련된

이고 두번째 뜻은

'Making a profit, or likely to make a profit' 이윤을 발생시키는

이다. 그런데 전술한 바와 같이, 경제학 교과서에서의 '경제재'의 뜻은 '희소하여 어떠한 대가를 지불해야만 얻을 수 있는 것' 이라고 했다. 그렇다면 'Economic Good'에서의 'Economic'은 그의 첫번째 뜻인 '거래 또는 산업에 관련된'이 아니라 오히려 두번째 뜻인 '이윤을 발생시키는',

즉 '거래를 할 때 물건을 파는 자가 어떠한 형태로던지 이윤을 얻을 수 있도록 대가를 지불해야만 얻을 수 있는' 이라는 뜻이 오히려 더 적합한 뜻이 아닌가. 따라서 'Economic Good'은 '경제재'가 아닌 '유료재'가 더 정확한 명칭이 아닐까.

이제부터 오역으로 범벅 된 '경재재'라던지 '자유재'라는 용어대신 제대로 된 번역을 통해 'Economic Good'에는 '유료(재)'라는 용어를, 'Free Good'에는 '무료(재)'라는 이름을 찾아주도록 하자. 한번만 들어도 경제에 문외한인 사람도 헛갈리지 않게 아주 아주 쉽게 이해 할 수 있도록.

제9장.

Frictional Unemployment는 '마찰적 실업'이 아니라 '불일치 실업'이다?

1980년대까지 한국에는 소위 말하는 '뚜쟁이'라는 직업이 있었다. '뚜쟁이'란 결혼을 하고 싶은 마음은 있건만 원하는 상대를 아직까지 만나지 못한 '선남선녀'를 연결해 주는 아주 좋은(?) 직업이었건만 '뚜쟁이'라는 약간 어감도 좋지 않고(?) 부정적인 뉘앙스를 풍기는 명칭을 가지게 된 것은 어쩌면 그 '뚜쟁이'라는 용어가 생겨난 시대적인 배경에 있을 지도 모른다. 한국은 1960년 중반부터 1980년대 말까지 전세계 역사상 유래를 찾기 어려운 초고속 경제 성장을 구가하였고 이 한반도에서 역사상 처음으로 자본주의적인 기업을 일군 재벌들의 부상은 물론 도시 개발로 인해 시골의 논과 밭이 공장과 아파트가 되면서 수 많은 졸부들이 등장하였다.

당시 뚜쟁이들의 주요 공략 대상은 시골에서 상경한 가난하지만 고시에 패스하신 수재형 총각과 갑자기 돈벼락 맞은 졸부 부모를 둔 처녀였다. 인터넷이 우리 사회의 전면에 등장한 것이 1990년대 중반부터이므로 그 당시에 인터넷이 있을 리도 없고 모바일 앱이 있었을 리는 더더욱 만무하기에 대학에서 고시 공부만 한 이제 막 입관하신 가

난한 판사님과 막 지어진 따끈따끈한 '압서방 (서울 강남의 압구정/서초/방배)' 아파트에 거주하시며 신부수업을 받으시는 졸부 집 따님이 연결되기 위해서 '뚜쟁이'의 존재는 필수적이었다.

지금도 그렇지만 그 당시 또한 비록 자수성가를 했다고 해도 잘 사는 사람들에 대한 인식은 별로 좋지 않았고 하물며 졸부들에 대한 세간의 평가는 단순한 '혐오' 수준을 넘어 '경멸'에 가까운 것이었으며, 자신이 가진 전문적인 지식과 사회적 지위를 이용해서 한몫 잡아보려는 남성들과 자기 부모의 부를 이용해서 사회에서 '범털'이 될 가능성이 높은 남자와 결혼하려는 여성들에 대한 사회적인 인식 또한 별로 좋지 않았다. 그리하여 한국의 경제 성장과 사회 구조 변화에 따라 당연히(?) 출현해야만 했던 뚜쟁이들에 대한 인식도 물론 좋지 않았고, 당시 인기리에 방영되었던 범죄 수사극 '수사반장'에서도 성혼 성공 보수(?)로 폭리를 취하고 맞선 보러 나오는 사람의 학력과 경력을 속여 일단은 결혼시키고 보는 (당시에는 일단 결혼해서 신혼여행을 갔다 오면 상대방의 거짓말이 드러나더라도

'당장 이혼'은 고사하고 평생 같이 살 수 밖에 없는 아주 불행한 사회 풍토가 조성되어 있었다. 이는 최근 이혼한 대표적인 '쇼윈도우 부부'였던 ' 유명 연예인 부부의 사례만 봐도 쉽게 알 수 있다) 뚜쟁이들의 범죄 행위들이 인기 주제로 다루어지곤 했다.

그런데 1990년대 중반부터 이러한 '뚜쟁이'들이 양지(?)로 나오면서 '거대 기업화' 되기 시작했다. 당시에는 여성들의 사회 진출이 본격화되며 전통적인 '여초(女超)' 직업 분야였던 교사나 약사 등의 전문 직종 뿐만이 아니라 일반 기업체에서도 고학력 여성들을 적극적으로 채용하기 시작했는데, 자신의 커리어 쌓기에 집중하다가 혼기를 놓친 여성들을 주요 타겟으로 한 결혼 정보회사들이 하나 둘씩 등장하여 20~30대 젊은 여성들을 '커플매니저'라는 근사한 명칭으로 포장해서는 예전 '뚜쟁이' 역할과 굉장히 유사한 역할을 수행하였다. 이러한 '만남 주선 업체'들은 미혼 남성들한테도 꽤 인기를 끌었었는데, 그 이유는 바로 이 회사들이 '맞춤형 만남서비스'를 제공한다는 데에 있었다.

일반적으로 결혼을 꿈꾸는 남성이 새로운 여성을 만날 수 있는 기회는 사내 연애를 제외한다면 회사 동료, 친구나 선후배, 또는 가족을 통해서 소개를 받는 경우가 대부분일 텐데, 이런 경우 만남을 주선하는 사람이 단순히 자기가 아는 사람을 소개하거나 '둘이 잘 맞을 것 같다'는 주관적인 판단에 따라 소개시켜 주는 경우가 대부분이기에 소개받는 남성의 여성관이나 이상향은 '전혀' 반영되지 않은 완전히 'Random'한 이성이 나오는 경우가 대부분이다. 따라서 소개 받는 둘이 이어질 성공 확률은 굉장히 낮건만 막역한 관계의 친구나 회사 동료가 신경 써서 이성을 소개시켜줬기에 상대방이 마음에 들지 않더라도 노골적으로 싫은 내색을 하거나 만나자마자 자리를 박차고 나오는 등의 행동은 참으로 하기 어렵다. 하지만 결혼 정보업체에서는 내가 원하는 남성 또는 여성의 외모 뿐 아니라 학력, 가족 환경, 재산 정도 등 약 100가지의 사항을 반영하여 최대한 '이상형'에 가까운 이성을 소개시켜 주기에 잘 될(?) 확률이 상대적으로 높다고 할 수 있겠다.

자, 이제 본론으로 들어가서 이제 막 B라는 오랜 남친과 헤어진 A라는 여성이 있다고 가정해 보자. 그들은 왜 헤어졌을까. 서로간 성격이 맞지 않아 헤어졌을 수도 있고, 남자가 지방에 직장을 잡아서 멀리 떠나서 'Out of sight, out of mind (안 보면 관계도 멀어진다)' 됐을 수도 있고, 남자는 결혼을 원하는 데 여자는 원하지 않아서 그럴수도 있을 것이다. 하지만 어떠한 경우이던 자신과 상대방이 서로 원하는 것이 다르고 무언가 '불일치'하는 것이 많기에 헤어졌다는 것은 확실하다. 그렇다면 이제 A가 새로운 이성과의 만남을 원한다면 그녀는 주변사람에게 새로운 사람을 소개해 달라고 부탁하던가 아니면 위에서 언급한 결혼 정보업체에 거금(?)을 주고 회원 가입을 한 후 한 달에 한 명 또는 몇 명씩 자신이 원하는 스펙(Spec)을 가진 남자와 만남을 가질 것이다. 그리고 드디어 1년 후 그녀는 결혼 정보업체를 통해 6개월전 만난 C라는 남성과 평생을 약속(요즘같이 이혼율이 높은 시대에 평생이라고 하는 건 좀 그렇지만 뭐 일단 성혼 서약 할 때 그렇게들 얘기하니까...) 했다고 가정 해보자. 그렇다면 A는 결혼을 포기해야 할 만큼 커다란 결격 사유가 있는 것이 아님에도 결혼 정보업체에 가입한 첫 6개월간은 자신의 요구 사항에 맞는 남성을 만나지 못했기에, 즉 자신의 'Need'와 실제로 만난 남성들의 스펙이 '불일치'하였기에 6개월간의 기다림 끝에 드디어 자신의 요구에 '일치'되는 남자를 만나게 되고 결국에는 결혼에 이르게 된 것이다.

그렇다면 이제 A를 결혼을 원하는 여성이 아니라 취업을 원하는 남자로 바꿔서 생각해 보자. D는 '만두 기술자'인데 현재 근무하고 있는 분식점에서는 자신의 특기와 의사와는 전혀 상관없이 '찐빵'을 만들고 있고 근무시간, 분식점 위치와 월급 등 그 어떠한 조건도 마음에 들지 않아서, 즉 자신의 욕구와 직장의 모든 조건이 '불일치'하여 조만간

퇴사하려고 한다. 그리고 새로운 직장에서는 찐빵대신 자신이 잘 만드는 만두를 만들고 싶고, 월급도 직장 위치도 자신이 더 선호하는 조건을 가진 곳을 선택하고자 한다. 그렇다면 D가 기존의 직장을 그만두고 새로운 구직활동을 시작한지 6개월 만에 자신이 일하기를 원하는 곳을 찾았고 분식점 주인 또한 D를 채용하기로 결정해서, 즉 구직자와 고용주 양자의 요구사항이 '일치'하여 새로운 분식점에 취업이 됐다고 가정 해보자. 경제학에서는 D가 기존의 분식점을 그만두고 새로운 분식점을 찾을 때까지의 시간에서 비롯되는 실업을 '마찰적 실업' (노동자들이 직업을 구하거나, 한 직장에서 다른 직장으로 이직을 하기까지 걸리는 시간에서 비롯되는 실업)이라고 한다. 그런데, 우리가 흔히 알고 있는 '마찰'의 뜻은 무엇인가? 사전적인 제1의 뜻은 바로 '두 물체가 서로 닿아 비벼짐'이다. 그렇다면 '마찰'이란 단어를 들었을 때 위에 나온 '마찰적 실업"이란 말의 뜻이 바로 유추가 되는가? 확실히 잘 안된다! 구직자와 고용주가 서로 닿아 비비다가 (싸우다가?) 해고 당했다는 얘기인가? 이 또한 영어 단어를 오역함으로써 아닌지 한번 상세히 들여다 보도록 하자.

그렇다면 먼저 '마찰적 실업'에서의 '마찰적 (frictional)'이라는 단어를 먼저 찾아보자. (Frictional은 Friction의 형용사형이므로 먼저 명사인 Friction을 찾아보자)

Friction

첫번째 뜻. the force that makes it difficult for things to move freely when they are touching each other. (두 물체가 맞닿아 있어 서로 자유롭게 움직이는 것을 방해하는 힘). 말 그대로 '마찰' 이다.

두번째 뜻. disagreement or conflict; discord 불일치, 충돌, 불협화음

아니, 이 단어의 두번째 뜻은 무엇인가. 이 뜻이 바로 필자가 이 글에서 시비(?) 걸고 있는 '마찰적 실업'의 정의에 딱 들어 맞지 않는가. 근로자는 자신의 요구사항과 근로조건이 '불일치'하여 회사를 그만둔다. 그는 당장이라도 자신이 원하고 또 자신을 원하는 곳에 취업하고자 하지만 자신이 원하는 직장에 취업하기 위한 정보의 수준과 지금 자신이 가지고 있는 정보 수준이 '불일치'하여, 즉 자신이 원하는 직장에 대한 취업 정보가 '부족'하여 당장 취업하지 못하고 일정기간 동안 추가적인 취업정보를 수집해야만 취업이 가능하다. 그래서 자신이 원하는 취업시기 (바로 지금)와 실제로 취업 할 수 있는 시기가 '불일치' 한다. 이제 약 6개월간의 노력을 통해 모든 조건의 '불일치'를 '일치'로 바뀌어 결국 취업에 성공한다. 어떤가? '마찰적 실업'보다는 '불일치 실업'으로 바꾸는 것이 훨씬 더 이해가 잘되지 않는가?

마찰적 실업, 아니 불일치 실업은 구직자가 이미 취업시장에서 필요로 하는 기술을 보유하고 있으나 단지 구직 정보가 부족하여 발생되는 실업으로, 구직 활동만 열심히 하면 실업 상황이 바로 해결될 것이므로 경제학자들은 이를 그다지 심각한 실업상태로 보지 않는다. 하지만 이제는 바야흐로 AI와 IoT 등이 세상을 움직이고 연결하는 4차 산업혁명시대. 만두기술자나 찐빵기술자는 물론 의사, 변호사와 같은 상대적인 고급인력도 로봇과 경쟁해야 하고 어쩌면 그들에게 떠밀려 실업자가 될 수 밖에 없는 상황에 몰릴지도 모른다. 그렇다면 사회에서 필요로 하는 기술을 보유하고 있지만 단지 구직정보만 있으면 실업 상태를 벗어날 수 있는 '불일치 실업자'들도 향후에는 구직정보를 얻는 동안 자신이 가진 기술보다 더 높은 수준의 기술을 보유한 로봇에 의해 노동시장에서 완전히 축출될 수도 있기에 이제 가까운 미래에는 '불일치 실업'이란 말은 없어질지도 모르는 일이다. 왜냐하면 이제 그가 취업을 하기 위해 필요한 것은 단순히 '시간과 취업관련 정보'가 아니라 '새로운 기술'이며, 그가 '새로운 기술'을 습득하는 동안 더 정교한 기술을 가진 로봇이 등장 할 수 도 있으므로.

앞으로는 기술 수준은 점점 더 심화되어 가지만 이제는 '불일치 실업'이라는 말도 없어 질 만큼 점점 더 서글픈 '테크노 포비아 (발달된 기술력을 따라가지 못하는 데서 개인이 느끼는 불안감, 위기감, 스트레스 등)' 시대가 곧 도래 할 지도 모를 일이다.

제10장.

Consumer Surplus는 '소비자 잉여'가 아니라 '소비자 이익'이다?

"여자는 10만원 짜리 물건을 만원에 사고 남자는 만원 짜리 물건을 10만원에 산다."

조금 진부한 우스개이긴 하지만 이 말을 듣는 남자들은 쓴웃음을 지으며 고개를 끄덕일 것이다. 필자 역시 40년을 넘게 이 지구상에서 살고 있는 남성으로서 지금까지 살아오면서 '단 한번도(?!)' 쇼핑을 즐겨 본 경험이 없다. 오프라인이건 온라인이건 쇼핑은 지겨움과 귀찮음을 넘어 때때로 증오(?)의 대상이었으며, 간혹 와이프와 함께 일요일 오후에 사람들이 복작복작(?)거리는 쇼핑몰이나 백화점에 갔던 경험을 떠올리면 심지어 공포감(?)까지 느낄 정도다. 최근에 많이 생겨난 대형 쇼핑몰에서 거의 2시간 이상 질질 끌려 다니다가(?) 거의 탈진상태에 이른 상태에서 갑자기 사라져 버린 주인 마님을 찾기 위해 수 많은 사람들 사이를 비집고 한참 동안이나 마음 졸이며 그녀의 모습을 찾던 생각을 하면 때때로 분노(?)를 넘어 나 자신에 대한 자기연민까지 느껴진다. 도대체 왜 여성들은 그렇게 쇼핑을 좋아하고 또 굳이 살 것도 아니면서 이것저것 한번씩 찔러보다가 갑자기 흔적도 없이 어디론가 사라져버리는 것 일까. 이에 반해 남성들은 왜 꼭 사야 될 물건만 단 1분만에 사고는 뒤도 안 돌아 보고 쇼핑몰에서 나와 사라져 버리는 것일까.

이러한 남녀간의 차이점을 일부 문화인류학자들은 인류의 오랜 역사를 통해 형성된 남성과 여성간의 분업관계에서 찾는다. 여성보다 상대적으로 근력이 강한 남성은 원시시대부터 식솔들을 먹여 살리기 위해 야생 동물을 사냥 해야만 했고, 다른 것들에 한눈 팔지 않고 목표로 하는 사냥감 한 놈만을 끝까지 쫓아 쓰러뜨려야만 가족들이 굶지 않고 배불리 먹을 수 있었다. 또한 사냥해 온 짐승을 포식한 후에는 충분한 휴식을 취해야만 그 다음날 강한 먹이감들과 맞장을 뜰 수 있었다.

이에 비해 상대적으로 남성보다 육체적인 힘이 약한 여성은 가사나 육아와 같은 비교적 근력을 많이 사용하지 않는 노동에 종사했고, 따라서 사냥보다는 나무 열매를 따거나 나물을 채집하는 등의 방법으로 먹거리를 구했다. 그리고 새로운 열매나 풀을 발견하게 되면 혹시라도 인체에 유해한 성분이 있는지 확인해 보기 위해서 아주 조금씩 먹어보거나 냄새를 맡아보거나 했을 것이다. 즉, 우리들의 마나님들께서 쇼핑을 하실 때 여기 저기 사방팔방을 둘러 보시면서 굳이 살 것도 아니면서 이 물건 저 물건들을 한 번씩 찔러 보시는 것은 동행한 남편들을 '고문'하기 위한 악랄한 의도(?)때문이 아니라 그녀들이 태어날 때부터 몸 속에 심어진 '채집 DNA' 때문이라는 것이다.

결론적으로, 남자는 사냥감 하나를 잡기 위해 죽기살기로 달려들므로 '목표 지향적'이며, 여성은 '일용할 양식'을 구하기 위해 여기저기서 이것 저것들을 채집하려고 하므로 '관찰지향적'이라고 하겠다. 이것은 전술한 바와 같이 생존과 번식을 위해 조상들로부터 물려받은 남녀 유전자의 차이이므로 남성과 여성중 그 어느쪽이 더 긍정적이라 할 수는 없겠다.

글의 서두에서도 잠깐 언급했지만 남성의 쇼핑 목표는 '빠르고도 신속하게' 자신이 원하는 것 (사냥감)을 구매하고 다음 사냥 (쇼핑)을 위하여 휴식을 취하는 것이므로 가격에 크게 구애 받지 않고 자신이 원하는 물건을 발견하면 바로 구매를 한다. 이에 반해 여성의 쇼핑 목표는 당장 필요한 것을 싼 값에 사는 것과 동시에 향후에 새롭게 식량으로 쓸 수 있는 여러가지 후보군들을 탐색하는 것이므로 다리품을 팔면서 열심히 이 물건 저물건을 둘러보게 되며, 또한 이 과정에서 당장 반드시 필요한 물건이 아니더라도 할인 폭이 크거나 'One Plus One' 같은 합리적인 가격의 상품을 발견하게 되면 '묻지도 따지지도 않고' 과감히 구매 한다. 즉, 새로운 '먹이감'을 탐색하고 관찰하는 '끝없는(?)' 과정 속에서 자연스럽게 10만원짜리를 만원에 살 수 있는 기회를 갖게 되고 여성들은 그 기회를 절대로(!) 놓치지 않는다.

그렇다면 이렇듯 유전자도 다르고 소비 행태도 다른 남성과 여성 중 누가 더 합리적인 소비행위를 한다고 볼 수 있을까. 객관적인 정답을 내기는 참으로 어려울 것이지만 일견 여성이 남성보다 동일제품을 훨씬 더 싸게 살 가능성이 많으므로 여성이 더 합리적인 소비를 하는 것으로 보인다. 하지만 남성은 자신에게 당장 꼭 필요한 물건만 '최단시간'내에 구매하는 동시에 그 절약한 시간 동안 자신이 하고 싶어 하는 '짓'을 하므로 남성도 비용이나 시간 관리 측면에서 비합리적인 소비를 한다고 보기는 어렵다.

하지만 소위 경제학에서 말하는 '소비자 잉여 (소비자가 지불할 용의가 있는 가격에서 실제 지불한 가격을 뺀 금액으로서, 소비자가 상품을 구입함으로써 얻는 이익의 크기를 나타냄)' 측면에서는 여성과 남성중 누가 더 합리적인 소비자일까. 이 또한 참으로 '아리까리(?)'한 이슈인데, 남성은 자신이 원하는 상품이라면 터무니 없이 가격이 비싸지 않을 경우 '즉시' 돈을 지불하고 소비행위를 끝내고자 하므로 지불하고자 하는 가격수준이 (여성에 비해) 상대적으로 높다고 할 수 있을 것이고, 따라서 비록 실제 지불하는 가격이 높다 하더라도 자신의 이익(소비자 잉여)가 그다지 작다고 생각하지 않을 것이다. 이에 반해 여성은 자신이 쇼핑에 투자한 시간에 대한 보상 심리로 인해 지불하고자 하는 가격 수준이 낮을 것이고, 실제 지불한 가격이 (같은 상품에 대해 남성이 지불한 비용보다) 낮다고 하더라도 자신의 이익은 얼마 되지 않는 다고 생각할 수도 있을 것이다. 하지만 이러한 남성과 여성 각각의 심리적인 측면을 떠나 실제로 누가 더 이익을 보는 구매행위를 했는가 하고 생각해 보면 그것은 바로 여성일 것이고 (여성은 10만원짜리를 1만원에 산다고 하지 않는가. 하지만 여성은 그것조차도 비싸다고 생각할지 모른다) 여성의 '소비자 잉여'가 남성의 그것보다 크다고 할 수 있다 (쇼핑에 투자한 시간당 소비자 잉여는 남성이 더 클 수도 있지만...)

자, 지금까지 우리는 남성과 여성의 소비형태에 따라 '소비자 잉여'라는 경제학 용어를 끄집어 내었는데, 다른 용어들도 마찬가지이지만 '소비자 잉여'라는 단어를 듣는 순간, "아, 바로 이것이 소비자가 소비행위를 할 때 얻는 이익이구나"라는 느낌이 팍팍 오는가? 느낌이 오기는커녕 나는 이 말을 듣는 순간 오히려 "소비자 잉여? 남아도는 소비자, 즉 공급자는 적고 소비자는 너무 많아 남아 돌아서 부족한 물건을 서로 사려고 다툰다는 뜻인가"라는 등등 '소비자 잉여'의 본래의 뜻과는 다른 생각이 떠오르는데, 내가 이상한 것인가 아니면 용어가 잘못된 것인가?

7080세대가 고등학교 다니던 시절에 필독서로 선정되었던 손창섭 작가의 '잉여 인간'이라는 유명한 소설이 있었다. 그 소설에 나오는 주인공들은 한국전쟁이 막 끝난 1950년대 당시의 음울한 시대의 영향을 많이 받기도 했겠지만 다들 사회부적응자로 무기력하고 삶에 대한 적극적인 의지도 없는, 정말로 사회에 별로 필요하지도 않으면서도 아무 의미도 없이 그냥 그냥 세상에 내던져 지고 남겨진 '잉여 인간'들이다. 어렸을 적, 동네아이들과 '다방구'와 같은 게임을 할 때면 왜 꼭 한 명씩 있지 않았던가, '깍두기'라고. 깍두기는 게임에 참가하고는 있지만 있으나 마나 한 존재, 즉 '술래'에게 잡혀도 벌칙이 없고 아무리 잘해도 인정도 받지 못하는 한마디로 존재한다고도 존재하지 않는다고도 할 수 없는 있으나 마나 한 존재, 즉 '잉여 인간'의 전형이 아니던가.

필자는 'Consumer Surplus'를 '소비자 잉여'와 같은 알쏭달쏭한 국적 불명의 단어로 번역하지 말고 그냥 '소비자 이익"이라고 부르자고 제안하고자 한다. 'Surplus'의 사전적인 뜻은 'Leftover', 즉 '남겨진 것, 남아도는 것'이란 뜻도 있지만 'Trade Surplus (무역 흑자)'라는 단어에서 보듯이 '이익, 흑자'라는 뜻도 가지고 있다. 같은 'Surplus'라는 단어를 쓰건만 'Consumer Surplus'는 왜 '소비자 잉여'이고 'Trade Surplus'는 왜 '무역 흑자'라고 부르는가? 'Trade Surplus'를 '무역 잉여'라고 부른다면 그 단어의 뜻을 이해, 아니 최소한 유추라도 할 수 있는 사람이 몇 명이나 될까?

'소비자 잉여'라는 용어를 만들어 낸 사람은 정말로 시간이 팍팍 남아도는 '시간 잉여자'가 아니었을지 살짝 의심을 해보면서, 소비자가 목표로 했던 상품을 자신이 생각했던 것 보다 싸게 사서 금전적인 이익을 얻으면 참으로 기쁠텐데, 대체 왜 이러한 행복한 상황을 도대체 왜 '소비자 잉여'라는 '괴상망칙'한 용어로 팍 '잡치게' 하는가? 우리는 이제부터라도 '소비자 잉여'가 아니라 '소비자 이익'이라는 친숙한 용어를 사용하여 평소 소비에서도 '소비자 이익'을 극대화하고 평소 생활 전반에서도 쭉정이 같은 '잉여 인간'이 아닌 '알짜배기 참살이 인간'이 될 수 있도록 노력해보자.

제11장.

Liquidity는 '유동성'이 아니라 '현금화'이다?

필자의 중학교 동창인 유 동성 (성은 유요, 이름은 동성이다)은 뚜렷한 특징이 없는 평범한 아이였다. 공부도 그냥 그렇게, 성격이 그다지 좋지도 나쁘지도, 집이 그다지 잘 살거나 못 사는 것도 아니였고, 그렇다고 외모가 눈에 확 띄는 편도 아니었다. 내가 대학에 입학했을 때 친구들을 통해 전해들은 얘기로 그 친구는 모 전문대학의 전기과를 갔다고 했다. 그 이후로 한동안 잊고 있었던 그를 (엄밀히 얘기하면 그의 이름을) 어느 날 갑자기 경제학과 3학년 전공과목인 '화폐 금융론' 강의 시간에 마주치게 되었다. '유동성 선호'라? 유 동성 (앞에서 언급한 필자의 동창)이를 좋아하는 사람들이 조직한 모임의 명칭 인가? '유동성 함정'이라? 이건 뭐 (유) 동성이가 사냥꾼이 동물을 잡으려고 쳐놓은 함정에 빠진 것인가? 본 장에서는 유 동성이를 좋아하는 사람의 모임(?)과 함정에 빠진(?) 유 동성이에 대해 알아보자.

먼저 내 친구 '유 동성'이 아닌 경제학에서의 '유동성'이

무슨 뜻인지 알아보자. 유동성(流動性) 이란

첫번째 뜻. 말 그대로 유(流), 즉 흐르고 동(動), 즉 움직이는 성질로서, '액체와 같이 흘러 움직이는 성질'

두번째 뜻. 자산을 현금으로 전환할 수 있는 정도

라고 하며, 경제학에서의 '유동성'이란 '현금이 아닌 자산(부동산, 채권, 주식 등)을 현금으로 얼마나 쉽게 바꿀 수 있는가'를 나타낸다고 하겠다. 예를 들어 설명하면 강남에 위치한 아파트는 가격은 비싸지만 수요가 높기에 '유동성이 높다'고 할 것이고, 망해가는 회사의 주식은 진짜로 회사가 망해버리면 바로 휴지 조각이 될 것이고 따라서 아무도 현금을 주고 사려고 하지 않기에 '유동성이 낮다'고 할 수 있다.

그럼 유동성이 가장 높은 자산은 무엇일까? 유동성이란 '자산을 현금화 할 수 있는 정도'를 나타낼 수 있는 것이므로 현금 그 자체가 '유동성'이 가장 높다고 할 수 있다. 그렇다면 '유동성 선호'란 무엇일까? 그것은 '재산을 화폐 형태로 보유하려는 욕구이며 화폐에 대한 수요'라고 한다. 이는 아주 심한 인플레이션 (하이퍼 인플레이션) 상태나 경제가 완전히 절딴 나버린 공황 상태가 아니라면 사람들은 언제든지 자신이 원하는 물건이나 서비스로 바꿀 수 있는 화폐를 가장 선호 한다는 것이다. 2018년 추석 선물로 가장 환영을 받은 것도 역시 '현금'이었다.

그렇다면 유씨 성을 가진 동성이가 빠진 함정(?)인 '유동성 함정'은 무엇인가. 사람들이 아주 아주 좋아하는 '현찰'을 집에 있는 금고에 넣어 놓거나 배추밭에 묻어 놓고는 쓰지 않는 현상을 가리킨다고 한다. 최근 언론에서는 '동맥경화'가 아닌 '돈맥경화'라는 용어를 쓰곤 하는데 그냥 쉽게 얘기해서 사람들이 돈을 쓰지 않고 돈이 돌지 않아 경기가 점점 더 나빠지는 것이라 하겠다.

이렇듯 까놓고(?) 보면 그다지 어려운 개념도 아니요, 우리의 일상 생활에서 흔히 접할 수 있는 현상이건만 왜 경제학자들은 내친구 '유동성'이의 이름을 거론해 가며 사람을 헛갈리게 만드는 것일까. 이제 우리는 이 '유동성'이라는 용어를 쉽게 이해 할 수 있는 단어로 바꿔보자.

먼저 유동성은 영어로 'Liquidity' 이며, 그 뜻은

첫번째 뜻. Quality of being liquid. 액체로서의 성질, 유동성

두번째 뜻. the fact of being able to be changed into cash easily 현금화의 정도 (또는 난이도)

우리가 경제학에서 사용하는 'Liquidity'의 뜻은 '현금화 정도', 즉, 'Liquidity'의 두번째 뜻 이건만 용어는 첫번째 뜻인 '액체로서의 성질, 유동성'을 채용하여 붙여놓는 것이 올바른 일인가? 게다가 영어 어원사전을 찾아보면, 본래 'Liquidity'는 중세까지는 첫번째 뜻으로 많이 사용되었지

만 20세기에 들어서는 대부분 현금화' 또는 '환금성'의 의미로 사용된다고 한다. 그렇다면 제대로 된 '유동성'의 명칭은 무엇으로 바꿔야 되는가? 바로 '현금화' 또는 '환금성'이 되겠다. 하지만 '환금성'이란 것은 아주 아주 오래 전의 '금본위제 시대'에 현금을 들고 은행에 가면 그 돈의 가치만큼 금으로 바꾸어주던 것을 의미하고 현재는 금본위제가 시행되지 않으므로 '환금성'보다는 '현금화'라는 명칭이 더 합당 할 것으로 보인다.

자, 이제 나의 중학교 친구였던 '유동성'군은 저 멀리 기억의 저편으로 보내 버리고, 고등학교 때 나의 첫사랑이었던 '현금화' (성은 현이요, 이름은 금화)양을 소개해 보려고 한다. 현금화양은 이제 거의 나이가 쉰이 다 됐음에도 불구하고 한국에서 그녀의 인기는 점점 높아가고 있다. 특히 70대 부모님이나 어린이들의 열렬한 환호를 받고 있다고 하니 이제 우리도 유동성군은 마음속에서 완전히 지워 버리고 현금화양과 사랑에 빠져보도록 하자. 하지만 그녀가 좋다 해도 너무 푹 빠져 그녀가 파놓은 '함정 (현금 실종 상태)'에 빠지지는 말고 합리적이고도 계획적인 소비를 할 수 있도록 노력해 보자.

제12장.

Economy of Scale은 '규모의 경제'가 아니라 '규모의 비용절감 효과' 이다?

우리나라, 아니 동북아의 한중일 3국, 아니 세계 그 어느 나라 사람 중 라면을 싫어하는 사람이 있을까. 라면의 원조는 중국의 납면(拉麵) 이건만 유통기간을 대폭 늘린 인스턴트 라면을 만들어 낸 것은 대만계 일본인인 안도 모모후쿠이며, 한국의 1인당 라면 소비량은 '18년 기준 80개로 2위인 50개 수준의 인도네시아를 아주 멀리 따돌리고 독보적인 세계 1위를 달리고 있으므로 라면은 가히 한중일을 아우르는 국제적인 식품이라 할 수 있겠다.

또한 필자가 카투사로 주한미군에 근무할 시의 미군 룸메이트들은 모두 인종을 가리지 않고 라면을 좋아하여 쿠커에 라면을 끓여 먹곤 했다. 보통 라면이라는 것이 끓는 물에 면과 스프를 같이 넣고 끓이는 것이 일반적인 조리법이건만, 필자가 PFC (Private First Class, 일병)였을 때의 룸메이트(독일계 백인)였던 매튜스 상병은 매운 맛은 죽어도 싫다며 분말 스프는 다 쓰레기통에 버리고 맹물에 면만 끓여서 맛있다며 먹어댔고, 멕시코 출신의 곤잘레스 일병은 자기가 태어나서 먹어본 음식 중에 한국의 O라면이 가장 맛있다고 하며 매일 아침 일어나기만 하면 이름조차도 맵다는 뜻을 가진 O라면을 끓여먹고는 했다. 하지만 라면을 다 먹자마자 항상 화장실로 달려가 요란한 천둥번개 소리(?)를 내며 한바탕 난리를 치고 오는 것을 보면 빈속에 먹은 라면의 뒷 끝이 별로 좋지는 않았던 듯 하다 (왜 그런지 잘 모르겠지만 그들은 짜파게X는 'Black 라면' 이라고 하며 맛은 물론 냄새도 굉장히 싫어했다).

나의 왕년의 룸메이트 '곤잘레스 일병'은 치사하게(?) 자기만 먹으려고 항상 라면을 하나씩만 끓였건만 우리는 라면을 두 개 이상 끓여서 먹는 경우를 한번 생각해 보자. 아주 친절하게도 모든 인스턴스 식품의 포장지에는 조리방법이 상세하게 나와 있으며, 곤잘레스 일병이 좋아하던 이 O라면의 뒷면에도 라면을 한 개 또는 그 이상 끓일 때 필요한 물과 스프의 양, 조리 시간 등 조리방법이 인쇄되어 있다.

그런데 라면 봉지에 인쇄 되어 있는 조리방법을 한번 자세히 들여다보자. 뭔가 이상한 점을 발견했는가? 라면을 한 개 끓일 때는 스프를 하나만 넣으면 되고 조리에 필요한 물의 양은 550cc이건만, 두 개를 끓일 때의 스프 갯수는 2개가 아니라 1과 2/3개, 필요한 물의 양은 하나 끓일 때의 2배인 1,100cc가 아니라 880cc이다. 그런데 끓이고자 하는 라면의 갯수가 올라갈수록 서서히 '라면의 매직'이 시작된다. 라면 3개를 끓일 때는 스프 개수가 2와 2/3개, 4개 끓일 때는 3과 1/2개, 5개 끓일 때는 스프 한 개는 '전혀' 사용할 필요가 없이 스프 4개만 넣으면 된다. 또한 라면 3개를 끓이기 위해서 필요한 물의 양도 라면 하나를 끓일 때의 3배인 1,650cc가 필요한 것이 아니라 1,400cc가 필요하며, 4개를 끓이기 위해서는 2,200cc가 아닌 1,800cc, 그리고 5개를 끓이기 위해서는 2,750cc가 아닌 2,300cc가 필요하다고 한다.

이렇게 조리되는 라면의 수를 늘려 갈수록 '라면 요리'라는 최종 생산물을 생산하는데 필요한 자원 (물과 스프)의 사용량이 점차로 감소할 뿐만 아니라 조리에 필요한 에너지인 화력의 양도 감소하게 된다.

라면을 끓일 때와 같이 생산량은 두배, 세배, 네배 늘었지만 투입된 비용은 그보다 작게 증가한 것, 즉 한 개를 더 생산하는데 투입된 생산비용이 점점 감소하는 현상을 '규모의 경제'라고 한다고 한다. 이 현상을 간단한 수식으로 정리하면 생산량은 하나를 생산한 후 또 하나를 더 생산해서 1+1 = 2로 두 개가 되지만 생산을 위해서 투입한 비용은 1+1=1.8, 즉 2보다 작은 숫자가 되는 것이고, 이를 영어로 표현하면 The more (products), the less (cost), 즉 처음의 하나를 생산할 때보다 하나를 추가로 생산할 때 비용은 감소하는 것이라고 하겠다.

이러한 '규모의 경제'효과는 라면을 끓이는 것 외에도 여러 산업에서도 발견 되는바, 소량의 스포츠카를 수작업으로 만들어내던 소규모 자동차 업체들은 대부분 비용 폭등과 사업 부진으로 자동차를 신문 찍어내듯이 대량으로 만들어 내는 대형 자동차 회사에 인수되었고, 세계적인 물류회사들 또한 취급 물량을 늘리고 비용을 절감하기 위해 경쟁업체와의 합병도 마다하지 않으며, 화학산업에서도 덩치를 키워 매출 확대와 비용절감이라는 두마리 토끼를 잡기 위해 글로벌 2위와 3위가 합병을 해서 기존의 1위를 제치고 독보적인 1위로 올라서는 등 수많은 사례가 있다.

그런데 '규모의 경제'라는 말을 들으면 'The more products, the less costs.'라는 말이 바로 연상되는가? 우리가 흔히 '~의 경제'라는 용어를 사용할 때는 '한국의 경제', 또는 '미국의 경제라고 하면서 대부분 특정 지역 또는 국가의 경제구조나 경제상황을 언급하는 것이 아니던가? 또한 단순히 '규모의 경제'라고 할 것이 아니라 '노동의 경제학' 또는 '최저임금의 경제학' 등과 같이 그 뒤에 '학(學)'자라도 붙여서 '규모의 경제학'이라고 했다면 그 뜻을 좀 더 깊게 파악하는 데 도움이 될 수도 있었을텐데, 단순히 '규모의 경제'라니 이건 도무지 무슨 말인지 알아먹기가 참으로 힘들다.

자, 그렇다면 우리는 '규모의 경제'의 영어 원문인' Economy of Scale'의 뜻을 파헤쳐서 올바른 한국어 이름을 찾지 못하고 방황(?)하는 '규모의 경제'에게 올바른 이름을 붙여 주도록 하자.

먼저 '규모'에 해당하는 영어 단어 'Scale'. 'Scale'은 '규모'라는 의미 외에 '저울'이나 '(어류의) 비늘'이라는 뜻도 있지만 여기서는 그 뜻이 '규모'라는 것이 매우 명확하므로 그냥 넘어가기로 하자. 문제는 바로 '경제에 해당하는 'Economy'인데, 많은 사람이 잘 알듯이 그 첫번째 뜻은

'the management of the resources of a community, country, etc., especially with a view to its productivity. '

'공동체, 국가 등의 생산성을 올리기 위한 자원 활용'

이며, 그것은 우리가 잘 알고 있듯이 그냥 '경제'로 이해하면 된다. 이제 'Economy'의 두번째 뜻을 알아보자.

'thrifty management; frugality in the expenditure or consumption of money, materials, etc.'

(소비 관리를 통한) 절약. 비용과 자원 사용 절감

이 'Economy'의 두번째 뜻을 보면서 산삼을 캐시는 분들과 같이 "심봤다!" 또는 아르키메데스와 같이 "유레카!"라고 외치고 싶지 않는가? 이것이야 말로 'Economy of Scale'의 원뜻인 'The more (products), the less (expenditure or cost)', 즉 생산량을 늘려 갈수록 단위당 비용이 줄어드는 뜻과 정확히 부합되지 않는가? 그렇다면 'Economy of Scale'의 정확한 명칭은 영어단어의 단순한 번역 수준인 '규모의 경제'가 아니라 '규모의 경제적 절감 효과' 또는 '규모의 비용 절감효과'가 아닐까? 분명히 'Economy of Scale'에서의 'Economy'의 정확한 뜻은 'Economy'의 두번째 의미, 즉 (같은 결과물을 산출하지만) 비용이나 자원 사용을 줄이는 것인데, 그러한 정확한 의미를 무시하고 현재의 용어는 그냥 단순하게 'Economy'의 첫번째 뜻인 '경제'만을 갖다 붙여 용어의 정확한 속 뜻을 제대로 전달하지 못하고 있다.

그렇다면 이 잘못된 번역은 대체 어디에서 온 것일까. 대부분의 서양에서 건너온 과학이나 경제학 관련 용어들은 일본인들이 먼저 자신들의 모국어로 바꾼 것을 다시 한국어로 바꾼 것이 대부분인데, 이 말 역시 예외가 아닌 듯이 보인다 (일본어 사전을 찾아보니 이 용어의 일본말 번역은 한 글자도 틀리지 않고 '규모의 경제'라고 되어 있다). 일본사람들의 영어실력은 일본인들도 인정하듯 세계에서 거의 꼴찌 수준인데, 그러한 일본사람들이 아주 오래전 (거의 100여년전)에 갖다 붙인 잘못된 용어들을 그대로 번역하여 아직도 사용하고 있으니 그 용어의 올바른 속뜻을 전달하는 것이 불가능 함은 물론 참으로 한심한 일이라 하지 않을 수 없다. 이제라도 하나씩 하나씩 제대로 된 경제용어를 사용 할 수 있도록 바꿔나가 해보자. .

13장.

Invisible Hand는 ‘보이지 않는 손’이 아닌 ‘보이지 않는 힘’이다?

[Case 1] 마라도나의 '신의 손'

때는 1986년 6월22일. 멕시코 월드컵 빅게임 중의 빅게임인 아르헨티나와 잉글랜드의 8강전 경기. 두 나라는 당시로부터 약 4년 전이었던 1982년에 포클랜드라는 작은 섬을 두고 전쟁까지 벌였기에 양팀의 경기는 '제2의 포클랜드 전쟁'으로 불렸을 만큼 긴장감이 높았다. 두 팀이 0:0으로 팽팽히 맞서던 후반 6분, 그 균형을 깬 것은 청소년 시절부터 축구신동으로 불렸던 아르헨티나의 '디에고 마라도나'였다. 잉글랜드 수비수가 걷어내기 위해 '뻥~'하고 찬 공은 잉글랜드 골대 앞에 '붕~'하고 높이 떠 올랐고, 마라도나는 마치 물찬 제비처럼 날아올라 멋진 헤딩슛을 성공시켰다. 골키퍼를 비롯한 잉글랜드 선수들은 마라도나가 머리가 아닌 손으로 골을 넣었기에 골이 아닌 반칙이라고 심판한테 강하게 어필했건만 결국 받아들여지지 않았고, 최종 결과 아르헨티나가 2:1로 승리해서 4강에 진출했다. 경기 후 마라도나는 그 골은 "보이지 않는 신의 손과 내 머리의 합작품"이라는 알쏭달쏭하지만 분명 자신의 머리로 넣은 것이 아닌 '누군가의 손'으로 넣었다는 자백 아닌 자백을 했고, '보이지 않는 신의 손'의 도움(?) 때문인지 아르헨티나는 결승전에서 서독을 누르고 멕시코 월드컵 우승을 차지했다.

[Case 2] 사리체프의 '신의 손'

1992년 한국 프로축구에 데뷔한 구 소련 (타지키스탄) 출신의 골키퍼 사리체프는 자신에게 날아오는 모든 슛을 막아내는 '거미 손'을 넘어 '신의 손'으로 불렸다. 그는 190센티미터의 큰 키와 놀라운 순발력, 그리고 뛰어난 판단력으로 강도와 방향을 막론하고 거의 모든 슛을 막아내어 명실상부한 '신의 손'으로 불렸고, 결국 그의 뛰어난 실력을 인정받아 한국으로 귀화까지 했다. 그의 엄청난 활약상에 놀란 프로축구 구단들도 너도 나도 앞다투어 외국인 골키퍼를 마구잡이로 스카우트했고, 결국 국내파 골키퍼의 씨가 말라버릴 것을 우려한 축구협회에서 외국인 골키퍼 스카우트 금지령까지 내리게 되었다. 사리체프가 한국으로 귀화했을 때의 이름이 무엇이었을까? 그것은 바로 '신의손'

이었다. 그가 축구 골대 앞에 서면 그의 "보이는 두 개의 손'에 더해 '보이지 않는 신의 손'이 공을 막아주었는지도 모를 일이다.

위에서 축구와 관련된 두 개의 '보이지 않는 손'을 소개했지만 경제학에도 아주 유명한 '보이지 않는 손'이 존재한다. 그것은 바로 아담 스미스 (경제학의 창시자)가 주창한 '보이지 않는 손'으로서, 경제학에 전혀 관심이 없는 사람들도 다들 한번 쯤은 들어봤을 것이다. 그렇다면 경제학에서 얘기하는 이 '보이지 않는 손'은 대체 무엇일까. 우선 백과사전의 도움을 받아서 알아보도록 하자.

'보이지 않는 손'

모든 인간이 자기가 잘 먹고 잘살기 위해서 열심히 일하고 자원이 효율적으로 거래되는 시장에서는 **가격**이 모든 시장 참가자에 의해 좌우된다. 이런 시장에서의 생산자는 최적의 가격으로 최적 이윤을, 소비자는 최적의 가격으로 최대 만족을 얻게 되어 모두가 만족스러운 결과를 가지게 되며, 이를 유지하는 힘이 바로 **'가격'** 이라는 '**보이지 않는 손**'이다. 아담 스미스가 가장 부정적으로 생각한 '보이는 손'은 정부와 같은 특정의 소수이익집단이 시장에서 가장 큰 영향력을 행사하며, 이들이 임의로 가격을 조절하거나 독점으로 자원의 자유로운 유통을 막아 시장의 순기능을 막아버리는 것이었다. 따라서 아담 스미스는 정부는 국방, 사법, 공공토목사업 같이 개인이 할 수 없는 일이나 개인이 하려고 하지 않을 일만을 해야 하며, 특정 집단이 법을 등에 업고 자원을 독점하여 시장 유통을 통제하는 일이 발생하면 안 된다고 주장했다.

이상이 '경제학의 태두' 아담 스미스가 주창한 '가격'이라는 '보이지 않는 손'이다. 쉽게 얘기해서, 우리 모두가 각자 잘 먹고 잘 살기 위해 열심히 일만 하면 모든 것이 잘 되고 모든 사람이 다 잘 살수 있다는 얘기다. 세계대공황과 블랙 프라이데이, 리만사태 등으로 '보이지 않는 손'은 정부의 적극적인 개입과 같은 '보이는 손'으로 많은 부분 대체되었지만 '보이지 않는 손'은 자본주의 경제의 근본 원리로서 아직도 많은 부분 유효하다 할 것이다.

그런데 왜 그는 '보이지 않는 손'이라는 용어를 사용했을까? 모두가 자기가 잘되려는 마음으로 열심히 일만 하면 모두가 다 잘 살수 있으니 그것은 오히려 단순한 '보이지 않는 손'이 아닌 신의 은총, 즉 '신의 손'이라고 할 수도 있는 것 아닐까? 또한 그 손은 대체 왼손인가 오른손인가? 역사적으로 한국에서도 그렇지만 서양에서도 역시 왼손은 오른손보다 '한 수' 낮게 평가했고 (아마 유전적으로 오른손잡이가 많아서 생긴 'Majority'에 의한 'Minority'에 대한 차별인지도 모른다) 서양에서도 'Left'외에 '왼쪽'을 의미하는 또 다른 단어인 'Sinister'는 '불길한, 재수없는' 등의 의미를 가진 것으로 보아 서양에서도 '왼쪽'을 그다지 긍정적으로 평가하지 않았었던 것으로 보인다. 그렇다면 아담 스미스의 '보이지 않는 손'은 가격의 긍정적인 기능을 의미하므로 'an invisible right hand (보이지 않는 오른손)'라고 할 수도 있었을 텐데 왜 그냥 "보이지 않는 손"이라고 했을까? 하긴 보이지 않는 '투명 인간(?)'의 손이니 그 손이 오른손인지 아니면 왼손인지는 알 수가 없었을테지만, 여기서 우리는 도대체 왜 아담 스미스가 '보이지 않는 손'이라고 했는지 한번 파헤쳐 보도록 하자.

먼저 아담스미스가 그의 저서인 '국부론'에서 '보이지 않는 손'에 대해서 쓴 구절을 살펴보자.

"~ he intends only his own security; and by directing that industry in such a manner as its produce may be of the greatest value, he intends only his own gain, and he is in this, as in many other cases, led by an invisible hand to promote an end which was no part of his intention.~. By pursuing his own interest he frequently promotes that of the society more

effectually than when he really intends to promote it. ~"

조금의 의역을 보태서 번역해 보면,

"~그 (경제 주체, 즉 인간)는 오직 자신의 안위만을 생각한다. 마치 그러한 방식 (이기적인 행동)만이 생산품의 가치를 극대화 하는 유일한 방법인 듯 그는 자신의 이익만을 챙긴다. 그의 이러한 행동은 본래의 자신의 의도와는 관계없이 목적성을 띈 '보이지 않는 손'에 이끌려서 하게 된 것이다. 그 (경제주체)가 자신만의 이익을 추구할 때 자신의 의도보다 더 효율적으로 사회를 발전시킨다~"

위와 같이 일부분만 봐서는 아담 스미스 선생의 심오한 뜻을 이해하기 어렵지만, 요지는 바로 전술한 바와 같이 각각의 경제주체는 다른 것들에 신경 쓸 필요없이 자신만의 이익을 위해서 행동하기만 하면 되고, 그러면 '가격'이라는 '보이지 않는 손'이 자동적으로 타인의 이익과 더 나아가 국민 경제의 발전을 보장해 준다는 것이다. 따라서 개인은 사회에 공헌 하려고 의식적으로 행동할 필요 없이 그냥 자기 일만 열심히 하면 된다는 얘기다.

그러면 여기서 백과사전에 나와 있는 '보이지 않는 손'의 정의 부분을 다시 한번 살펴보자. 그것은 바로 "생산자는 최적의 가격으로 최적 이윤을, 소비자는 최적의 가격으로 최대 만족을 얻게 되어 모두가 만족스러운 결과를 가지게 되며, 이를 유지하는 **'힘'**이 바로 '가격' 이라는 '보이지 않는 손'이다." 오호라, 이것은 무엇인가. '경제에 참여하는 모두가 만족스러운 결과를 갖도록 유지하는 힘'이 바로 '보이지 않는 손'이라는 말이 아닌가. 그러면 '보이지 않는 손'이라는 말은 바로 '보이지 않는 힘'으로 대체가 가능하다는 얘기인데, 그것은 결론적으로 '가격이 바로 보이지 않는 힘이다'라는 얘기가 아닌가?

그렇다면 'Invisible Hand'의 올바른 번역이 '보이지 않는 손'이 아닌 '보이지 않는 힘'인지에 대한 우리의 궁금증을 풀기 위해 'Hand'의 원뜻을 사전에서 한번 찾아보자. 명사

로서의 'Hand'의 제1의 뜻은 갓난아기(?)도 알듯이 '손'이다. 그리고 제2의 뜻은

An active role in achieving or influencing something
역할, 영향력

이다. 그렇다면 아담 스미스가 말하는'가격'은 '보이지 않는 손'이 아니라 '보이지 않는 영향력(힘) 또는 역할'이 아닐까. 여기서 우리는 내친 김에 어원사전도 찾아보자.

Old English hond, hand "the human hand;" also "side, part, direction" (in defining position, to either right or left); also "power, control, possession" (on the notion of the hand's grip or hold), from Proto-Germanic handuz.

아니, 이건 또 뭔가. 아담 스미스 할아버지가 사시던 그 옛날(18세기), 영어에서 'Hand'는 '손'이라는 뜻 외에 '부분, 방향'이라는 뜻과 '힘, 지배, 소유'라는 뜻이 있지 않은가? 그렇다면 아담 스미스교수께서 말씀하신 'an invisible hand'는 바로 오른손도, 왼손도, 그리고 투명인간의 손도 아닌 바로 '보이지 않는 힘'이 아니던가? 이와 관련해서 영어예문을 하나 예로 들어보자. "Can you give me some hands?" 라는 문장은 바로 "너 나 좀 도와줄래?", 즉 "너 날 위해서 힘 쫌 써줄래?"가 아닌가? 여기에서의 'hand'의 뜻은 마치 애완견에게 손을 내밀며 말하듯 "야, 너 나한테 손 좀 내밀어 줄래?"는 확실히 아니다.

결론적으로, 사전적인 'hand'의 뜻과 'invisible hand'의 경제학적인 의미 등 모든 것을 종합해 볼 때 'invisible hand'는 '보이지 않는 손'이 아니라 "보이지 않는 힘"이 맞지 않는가? 영영사전도, 영어 어원사전도, 백과사전도 모두 '힘'이라고 나와 있건만, 어찌하며 모든 경제학 교과서에는 단순히 '보이지 않는 손'이라고 되어 있는 것인가? 하지만 내 말이 맞다고 생각되더라도 객관식 시험에서는 'Invisible Hand'의 옳은 번역으로 '보이지 않는 힘'이 아닌 '보이지 않는 손'을 선택하길 바란다. 눈이 네 개 달린 사람들이 사는 곳에서는 눈이 두 개 달린 사람이 비정상인 법이므로...

14.

Credence Good은 '신용재'가 아니라 '자격 인증재'이다?

"대학 입시에서 부동의 인기학과인 의대와 경영대, 그리고 법대 중 어디가 가장 좋냐고? 그야 바로 의대지. 왜냐고? 경영대 나왔다고 다 사장 하냐, 아니면 법대 나왔다고 다 판사나 변호사 하냐. 하지만 의대는 나오면 '백이면 백' 다 의사 하잖아?"

2019년인 지금도 그렇지만 1980~90년대 의대, 경영대, 법대는 수험생들에게 가장 인기가 있고 들어가기도 어려운 학과였는데, 그 중 어느 것이 가장 나으냐는 질문에는 의례히 위와 같은 답변이 따랐다. 미국과 같이 의대 (엄밀히 얘기하면 의대 준비과정)에 일단 입학해도 경쟁에서 밀리면 짐을 싸서 다른 비인기학과로 전과를 하거나 타대학으로 전학을 가야 하는 것 등과는 달리 한국의 의대는 적성에 맞지 않아 그만 두거나 모대학 의대생들 같이 도덕적 또는 법적으로 해서는 안될 사고를 치지 않는 한 거의 대부분은 무사히 졸업함은 물론 의사고시도 기타 문과생들이 많이 보는 사법고시 (현재는 변호사 시험으로 대체)나

행정고시와는 달리 합격율이 90%를 상회하기에 나온 말로 보인다.

의사고시 합격율이 높아 1년에 몇 천명씩 새로운 의사가 탄생하는 것과 함께 의사는 일단 (의료사고 등 위험성도 있긴 하지만) 죽을 때까지 평생 해먹을 수 있는(?) 가능성이 다른 직종에 비해 상대적으로 높기에 심한 경우 같은 빌딩에 동일 과목을 진료하는 병원이 4군데 (특히 치과)나 있기도 하고, 손님을 끌기 위해 의사들도 신문이나 버스광고까지 하는 것을 보면 예전보다는 그 가치가 못한 것 같기도 하지만 아직도 의대의 인기는 식을 줄을 모른다.

이러한 의대 외에 기타 법대, 경영대와 같은 대학의 인기학과들은 판사, 변호사, (행정고시에 합격한) 고급 공무원 등 다수의 사람들이 선망하는 직종과 직접적으로 연결되는 과목들을 전공으로 공부하기에 아직도 그 인기가 높다. 그렇다면 한국에서 소위 말하는 '사짜 (한국어로는 모두 '사'이지만 의사의 '사'는 '師', 변호사의 '사'는 '士', 검사의

사는 '事'로 한자로는 모두 다르다)'가 들어가는 직종의 또 다른 공통점은 무엇일까? 상대적인 고소득이 보장되고 평생 안정적인 생활을 할 가능성이 높다는 것을 제외한 그들의 또 다른 공통점은 국가에서 자격 시험을 주관하며 그 자격을 보증한다는 데에 있다.

그렇다면 도대체 왜 그 자격을 국가에서 보증할까? 그것은 바로 위의 직종들이 다른 직종 (이를테면 일반 회사원, 즉 '월급쟁이')에 비해 상대적으로 높은 전문성이 요구되어 일반인들이 그 서비스의 질을 평가하기가 어렵기 때문이다. 즉, 서비스를 제공하는 주체인 전문가 집단 (의사, 변호사, CPA 등)과 그들이 제공하는 서비스를 사용하지만 그 서비스가 가진 가치에 대해 평가를 하기 어려운 일반 국민을 대신해서 제3자인 국가가 대신 서비스에 대한 가치 평가를 하고 객관적인 기준에 입각해 자격증을 발급해 주어 일반 국민들이 그 서비스를 이용하는데 편의를 제공하는 것이다. 이러한 의료/법률/회계와 같이 제공되는 서비스를 평가하는 데 전문성이 필요한 재화를 '신용재(영어로는 Credence Good)'라고 한다. 여기서 우리는 '신용재(信

用財)가 'Credence Good'에 맞는 해석인지 분석해 보기로 하자.

먼저 'Credence'라는 알뜻말뜻한(?) 단어의 뜻을 찾아보자.

첫번째 뜻. Mental acceptance as true or real 사실로 받아 들이는 것 [신임(信任), 신용 등)

두번째 뜻. Credentials — used in the phrase 'Letters of Credence' 자격증, 자격증명서

위에서 보듯 'Credence'의 제1의 뜻은 바로 '신임 또는 신용'이 맞다. 하지만 한번 생각해보자. '신임' 또는 '신용'이란 A와 B의 관계에 있어서 A가 B를 (또는 B가 A를) 인간적 또는 비즈니스적으로 신뢰하는 것을 의미한다. 즉, 이들의 관계는 '신용재'의 의미와 같이 '국가'와 같은 제3자가 A나 B의 가치를 객관적인 입장에서 평가하거나 인증하는 것이 아닌 철저하게 A와 B 둘간의 관계를 의미한다. 즉, 'Credence'의 첫번째 뜻을 차용하여 'Credence Good'을 '신용재'라고 명명하는 것은 일단 옳지 않은 것으로 보인다.

자, 이제 두번째 뜻을 살펴보자. 'Credence'의 두번째 의미는 '자격증', '자격증명서'라고 한다. 아, 이건 우리가 위에서 살펴본 '신용재'의 의미, 즉 전문성이 떨어지는 일반 소비자를 대신해서 국가 등 제3자가 서비스의 가치를 평가하고 그에 대해 자격증을 발급해 주는 등 그 실력에 대한 평가를 대신해 주는 바로 그 뜻이 아니던가. 그렇다면 'Credence Good'은 '신용재'가 아니라 '자격증재' 또는 '제3자 자격인증재'가 되어야 맞는 것이 아닌가.

또한 'Letter of Credence'는 흔히 한 국가의 대통령 또는 총리가 다른 나라로 파견되는 대사 등에게 수여하는 '신임장(信任狀)'이라고 불리는데, 이 또한 'Credence'의 두번째 뜻 (자격증, 자격증명서)은 모르면서 첫번째 뜻을 '대충'

갖다 붙인 엉터리 용어라고 판단된다. 왜냐하면 여기서의 'Credence'란 대통령이 그 대사를 '신임 (信任)', 즉 '믿는다'는 뜻이 아니라 그 대사가 해외 국가에서 자신을 대신하여 한 나라를 대표한다는 '자격증' 또는 '자격증명서'를 의미하는 것이기 때문이다. 따라서 '신임장'이 아닌 '대사 자격증' 또는 '대사 임명장'이 옳은 표현이며, 새로이 부임하는 대사라면 '새로 임무를 부여했다'는 뜻인 '신임장 (新任狀)'이 올바른 용어라고 판단된다.

본 장에서 우리는 '신용재'가 그 속뜻에 비추어 보아 올바르지 않은 용어임을 밝혀냈음을 물론 대통령이 대사에게 주는 '신임장' 또한 'Credence'의 제대로 된 뜻을 모르고 갖다 붙인 잘못된 용어임을 알아냈다. 이렇게 잘못된 용어를 만든 사람들은 과연 '전문용어 번역에 대한 자격증 (Letter of Credence)'을 받을 자격이 있을지 참으로 궁금하다.

제15장.

Adverse Selection은 '역선택'이 아니라 '불리한 선택'이다?

2019년 현재는 인터넷과 스마트폰으로 각종 정보와 볼 거리가 넘쳐나건만, 필자가 초등학생이었던 1970년대에 그나마 볼 것이라고는 저녁 6시부터 밤 12시까지 방송하던 TV 프로그램 (그것도 반드시 '본방 사수'를 해야 했다), 잡지, 신문 정도였다. 지금이야 인터넷을 통해 실시간으로 전세계가 돌아가는 전후 사정을 알 수 있지만, 그때 당시에는 남녀노소 할 것 없이 세상 돌아가는 것을 알고 싶거나 뭔가 새로운 것을 알고 싶다치면 신문을 펼쳐보았다 (그때에는 신문보다 더 대중화되고 정보 전달 등 신문과 비슷한 기능을 하던 라디오가 있었지만 휴대용 라디오가 대중화되기 이전이기에 라디오 청취는 공간적인 제약이 강했던 반면 신문은 어디에나 휴대가 가능했고 보다 깊은 정보를 얻을 수 있어 많은 인기를 누렸다). 당시 초등학생이던 나는 아버지께서 신문을 다 보시면 잽사게(!) 신문을 집어서는 제일 먼저 신문 만화를 찾아서 보곤 했다. 그 당시에는 만화방도 전성기를 누리고 있었지만 하라는 공부는 안하고 매일 만화방에 드나들다가는 부모님께 치도곤을 당할 것이 뻔했기에 만화방에 공공연히 갈수도 없는 노릇이었고, 그래서 합법적(?)으로 만화를 볼 수 있는 방법은 옆집에서 빌려온 '소년중앙'을 정말로 골백번씩 보거나 재미는 별로 없지만 그래도 '만화'인 신문만화를 보는 것이었다.

그런데 이렇듯 '정보의 암흑시대(?)'였던 1970년대에 모신문에 연재되던 'Blondie'라는 제목의 영문 만화가 있었으니, 지금도 일반 일간지에 영어만화가 연재되는 경우는 흔지 않기에 당시로서는 굉장히 신선한 문화 충격(?)이었다. 하지만 영어 원문은 말할 것도 없고 그 한국어 번역을 아무리 읽어보아도 우리와는 생각의 틀과 유머의 방식이 달라 그 속 뜻을 이해하기는 매우 어려웠다 (외국인이 아무리 한국어를 잘한다고 해도 '개그콘서트'를 이해하는 것이 쉽지 않은 것과 비슷한 논리이다). 하지만 별로 재미없는 만화였음에도 불구하고 앞에서 언급한 바와 같이 볼 수 있는 만화가 별로 없다는 '희소성'으로 인해 매일 매일 열심히 챙겨 보았던 기억이 난다.

그러던 어느날 아침, 그날도 'Blondie' 만화를 열심히 챙겨 보고 있었는데, 그 날의 주요 내용은 'Blondie (여성 주인공)'의 남편인 'Dagwood'와 그의 아들이 한 영어 단어의 철자를 가지고 논쟁을 벌이는 것이었다.

아들 : 아빠, 케찹의 스펠링이 Ketchup'가 맞아요, 아니면 'Catchup'가 맞아요?

Dagwood : 'Ketchup'.

아들 : 'Catchup'이 맞다고 되어 있는 것도 있던데? 아, 정말 헷갈려요.

그 만화를 보면서 '아, 미국사람들도 영어단어의 철자를 헷갈려 ('헛갈려'가 맞는 표현인가? 이 또한 정말 '헷갈린다') 하는구나'라고 생각하면서 신기해했던 기억이 난다 ('캐첩'은 본래 중국 광동어 방언으로서, '생선소스'를 의미하는 것이라고 한다. 영미권에서 자생적으로 만들어 진 것이 아닌 중국어 방언을 소리나는 대로 영어 알파벳으로 옮긴 것이므로 'Ketchup'도 맞고 'Catchup'도 맞다).

'케찹'외에 영어를 모국어로 사용하는 사람들 중에는'Chicken(치킨)'과 'Kitchen(키친)'을 혼동하는 사람도 있다고 한다. 필자는 영어를 모국어로 사용하는 사람도 아니고 사전으로 영어를 배웠기에 '치킨'과 '키친'을 혼동하지 않았건만, 그 말을 들은 이후로 그만 두 단어를 헷갈려 하는 비정상 상태(?)에 빠지고 말았다.

필자의 경험상 영어를 모국어로 사용하지 않는 사람이 영어 단어를 공부할 때 가장 '헷갈린' 경우 중의 하나는 긴 스펠링을 가진 단어와 그 단어 중간의 일부가 빠진 단어를 서로 구분하는 것이었는데, 예를 들어 'Internationalization (세계화)'와 'Internalization (내재화)'과 같은 경우가 여기에 해당 되겠다. 1990년대 중반 세계 무역 자유화 바람이 강하게 불면서 한국에서도 '세계화'라는 것을 적극적으로 추진하였는데, 그 '세계화'라는 뜻에 상응

하는 영어단어는 'Globalization'으로 정착되었으니, 같은 뜻인 'Internationalization'은 단어도 긴데다가 필자와 같이 다른 단어와 헷갈려 하는 사람이 많아서 스펠링도 짧고 발음도 간결한 'Globalization'으로 자연스럽게 통일된 것이 아닌가 추측해 본다.

이렇게 스펠링이 비슷하면서도 뜻도 비슷한 영어 단어중에는 이 장의 주인공인 'Adverse'와 'Averse'를 들 수 있을 것이며, 사전에서 그 정확한 뜻을 확인해 보면,

Adverse : having a negative or harmful effect on something, acting against or in a contrary direction, opposed to one's interests 악영향을 주는, 반하는 (역의), 불리한(이익에 반하는)

Averse : having a strong dislike, opposition to something, opposed 혐오스러운, 반하는

위에서 보듯 두 단어는 서로 뜻도 모양도 비슷한 것 같기도 하고 아닌 것 같기도 하다. 하지만 굳이 둘 간의 뜻의 차이를 구분해 보자면, 'Adverse'는 '나쁜 영향을 주거나 자신에게 불리한 것'을 의미하는 것이며 'Averse'는 '어떤 대상에 강한 반감을 가지고 있는 것'을 의미하는 것으로 보인다. 그런데 두 단어 모두 '역 (逆)의, 반(反)하는'이란 뜻을 가지고 있다. 아, 정말 또 헷갈린다. 여기까지만 하자, 더 헷갈리기 전에.

한편, 경제학에는 '역선택'이라는 개념이 있는데, 이 '역선택'의 정의를 백과사전에서 한번 찾아보면,

시장에서 거래를 할 때 경제주체 간 '정보 비대칭'으로 인하여 부족한 정보를 가지고 있는 쪽이 '불리한 선택'을 하게 되어 경제적 비효율이 발생하는 상황

라고 정의되어 있다. 그런데 여기서의 '역'에 맞는 영어단어는 'Averse'일까, 아니면 'Adverse'일까? 본장의 제목을 읽어본 사람이라면 쉽게 맞출 수 있겠지만 '역선택'은 영어로 'Adverse Selection'이라고 한다. 그렇다면 이 'Adverse Selection'이 의미하는 바를 찾아서 '역선택'이라는 번역이 맞는 것이지 확인해 보도록 하자.

Adverse Selection

a market phenomenon in which one party in a potential transaction has information that the other party lacks so that the transaction is more likely to be favorable to the party having the information and which causes market prices to be adjusted to compensate for the potential unfavorable results for the party lacking the information

말은 길지만 요점만 간단히 해석하면 위의 '역선택'과 같은 뜻으로서, '거래시 정보가 부족해 소비자가 불리한 선택을 하게 되고, 그로 인해 경제적 비효율이 발생하는 상황'이다. 이에 대한 쉬운 예를 들자면, 약관을 다 읽어보지도 않고 보험판매원의 말만 믿고 사기성 보험에 가입 한다던지, 엉터리 고물차를 중고차 판매원에게 속아서 높은 가격에 산다던지 하는 경우를 말한다.

그렇다면 이제 이해했는가. 'Adverse Selection'은 '불리한 선택'이지 그 누구에게 반(反)하거나 역(逆)한다는 '역선택'이 아니라는 것을! 여기서 우리는 'Adverse'의 세번째 뜻인 'opposed to one's interests'에 집중해 보자. 이것은 바로 '불리한, 자신의 이익에 반한' 이란 뜻이 아니던가.

'역(逆)이라는 것은 일련의 순서로 진행되던 것을 반대로 돌려 그 과정을 되집어 나간다던지, 아니면 A와 B의 관계에서 B가 A에게 뭔가 불만이 있어서 반기를 들어 확(!) 뒤집어 엎어버린다는 뜻이지 '이익에 반하거나 불리한' 이라는 뜻과는 거리가 있지 않는가. 이러한 까닭으로 'Adverse Selection'은 '역선택'이 아니고 '불리한 선택'이 옳은 번역이 된다. 우리는 'Adverse Selection'을 '역선택'이라 부르는

'잘못된 선택'을 하지 말고, '불리한 선택'이라 부르는 '옳은 선택'을 하도록 하자.

제16장.

The Price Elasticity of Demand는 ‘수요의 가격탄력성’이 아니라 ‘수요의 가격민감도’이다?

미국 시트콤 (Sit-Com) 역사상 최고의 작품이라면 어떤 작품을 꼽을 수 있을까. 사람들의 취향에 따라 호불호 (好不好)가 달라 많은 논란이 있을 수도 있겠지만 대다수의 사람들이 'Friends'를 꼽지 않을까 한다. 'Friends'는 비록 지금으로부터 15년 전인 2004년에 종영되었지만 아직도 미국을 포함한 전세계에서 수십억명에 달하는 팬을 가지고 있으며 여타 시트콤의 제작과 내용에 어마어마한 영향을 주었다 (2000년대초 한국에서 큰 인기를 얻었던 '남자 셋 여자 셋'또한 프렌즈의 '포맷'을 그대로 한국으로 옮겨 놓은 것이다). 또한 'Friends'의 마지막 시리즈인 'Season 10'을 찍을 때에는 출연 배우들이 당시로서는 엄청난 금액인 편당 10억원 이상의 개런티를 받는다고 해서 큰 화제가 되었다. 최근 전세계 대중음악계를 휩쓸고 있는 순수 'Made in Korea' 보이 그룹인 '방탄소년단'의 멤버중 한명이 자신의 유창한 영어실력이 어려서부터 엄마와 함께 즐겨 본 'Friends' 덕분이라고 공공연히 얘기하고 있으니 그 엄청난 영향력은 가히 짐작 할만 하다 하겠다.

위에서 언급한 대로 세계에서 가장 유명한 시트콤인

'Friends'의 주인공은 각각 세명의 여자와 남자, 총 6명이며 마지막에 두 쌍의 커플 (로스 – 레이첼, 챈들러 – 모니카)이 탄생한다. 극중에서 세명의 남성 캐릭터중 한명인 '챈들러 빙'은 결국 '모니카 겔러'와 결혼하지만 10년을 넘게 이어온 시리즈 내내 여자들한테 엄청나게 까이고(?) 차이는데, 심지어 한 에피소드에서는 그가 여자에게 차이고 난 후 엄청나게 방황하다가 다시 자신의 생활로 돌아오기까지의 긴 방황과 여정을 그린 내용도 있었다.

여기서 챈들러가 애인한테 차인 후 완전히 망가졌다가 '탄력성'에 의해 다시 자기 자신으로 돌아오는 복원과정을 설명하면,

Phase 1. 츄리닝을 입고 집에 쳐 박힌다.

삶에 대한 의욕을 완전히 잃고 회사 출근도 외출도 전혀 하지 않으며 츄리닝 하나 입고 하루 종일 집에 쳐 박힌다.

그와 '절친'인 '레이첼'이나 '피비'는 물론 '로스'나 '조이'가 아무리 말을 시켜도 대꾸조차 하지 않고 그냥 혼자서 하루 종일 '멍' 때린다.

Phase 2. 술로 망가지고 남성전용 클럽에 간다.

복원기간의 제1기인 '츄리닝 기간'이 지나면 이제는 술에 완전히 쩔어 자신을 둘러싼 모든 것에 대한 모든 사실을 머리 속에서 지운다. 때때로는 자신이 술을 마시고 있다는 사실은 물론 자신이 누구인지 까지도 망각하곤 하며, 여성은 진정한 사랑 (즉, 아가페 + 에로스)의 대상이 아니라 단지 '욕망의 분출구'일 뿐이라고 자위(?)하며 남성전용 클럽 (전문 무용수들이 있는 바로 그 곳...)에 가서 다시 한 번 망가진다.

Phase 3. 새로운 여성과 함께 있는 자신을 상상한다.

이제 자신을 버린 그녀보다 외모나 성격면에서 월등한 새로운 여성과 함께 있는 자신을 꿈꾼다. '세상의 반은 여자요, 바다는 물 반 여자 반(?)'이라는 사실을 계속 자신에게 인식시키며, 자신을 버린 그녀가 이 세상에 존재하는 유일한 여자가 절대 아니라는 생각을 쉴새 없이 자신에게 주입한다.

Phase 4. 그러나 다시는 사랑하지 않으리. 그냥 그녀들과 육체적인 유희에만 빠지리.

이제는 어느 정도 그녀를 잊었다고 생각하지만 때때로 그녀가 나를 차버린 '그날의 아픔'이 다시 새록새록 떠오른다. 그래서 다시는 사랑하지 않겠다고 다짐하고 하룻밤의 풋사랑인 'One Night Stand'와 에로틱한 사랑에만 탐닉하겠다고 다시 결심한다.

Phase 5. '탄력성'에 의한 복원 완료!

드디어 '그녀'와의 관계가 완전히 정리되었음을 스스로 인

정하고 이제 챈들러의 'Love Life'는 탄력을 받아 완전히 복원된다. 이제 길을 가면서 뭇여자들을 다시 기웃 기웃거리기 시작하고, 이 세상에는 '그녀'보다 모든 면에서 훨씬 나은 셀 수 없이 많은 여자가 있음을 깨닫고 다시 여자들에게 '들이대기' 시작한다.

위의 내용은 시트콤의 에피소드 중 하나이기에 재미있게 윤색하기 위하여 약간의 과장을 섞었겠지만, 이세상의 모든 이들에게 내부적 또는 외부적 요인에 의해서 슬럼프는 항상 찾아 오기 마련이며, 그러한 슬럼프에서 벗어나 자신의 정상상태 (Normal Routine) 상태로 '탄력적'으로 복원하기 위해서는 자신만의 슬기로운 노하우가 필요하다고 하겠다. 물리학에는 작용 (슬럼프)와 반작용 (복원)이 있으며, 역사에는 도전 (슬럼프)과 응전 (복원)이 있는 것이 아니겠는가.

그렇다면 이제 우리의 시각을 경제학으로 돌려서, 이 장의 제목이기도 한 '수요의 가격탄력성'이라는 용어의 적합성에 대해서 분석해 보기로 하자. '수요의 가격탄력성'이란 쉽게 말해 가격의 변화에 따라 수요량이 변하는 정도를 말하며, 가격이 올랐을 때 (또는 내렸을 때) 수요가 많이 감소 (또는 증가)한다면 수요의 가격탄력성이 큰 것이고, 가격이 변해도 수요에 큰 변화가 없다면 가격탄력성이 작은 것이다.

여기서 우리는 '탄력성'이라는 말에 주목하여 그 뜻을 파악해 보자. 먼저 '탄력'이란 '물체가 외부의 힘을 받아 변형되었을 때 원래의 상태로 되돌아가려는 힘'을 말하며, '탄력성'이란 '원래의 상태로 돌아가려는 성질'을 말한다. 이 세상에 존재하는 물체는 모두 어느 정도의 탄력성을 가지고 있으며, 탄력성이 뚜렷하게 나타나는 물체를 '탄력이 크다'고 하며 탄력성이 별볼일 없는(?) 물체는 '탄력성이 작다'고 한다.

그에 대한 실례로, 최근 많은 사람들이 사용하는 티타늄 안경테를 예로 들어보자. 실수로 안경테를 밟아 안경테가

오징어처럼 찌그러졌다 해도 약간의 물리적 힘만 가하면 다시 본래의 형태로 복원이 될 것이며, 이러한 '복원력'을 가지기에 티타늄 안경테는 '탄력성'이 크다고 할 수 있다.

지금까지 '탄력성'에 대한 정의를 내렸으니, 이제는 '수요의 가격 탄력성'에 대해서 생각해 보자. 이 용어는 1890년대에 영국의 경제학자인 알프레드 마샬이 처음으로 사용했다고 한다. 그가 이 용어를 만들어 낸 그 당시의 경제 상황을 한번 상기해 보면, 영국을 비롯한 세계 곳곳에서 '산업혁명'이 진행되고 있었지만 완전한 기계화 및 자동화가 이루어지지 않아 현재와 비교해서 생산성은 극도로 낮았을 것이며, 숙련된 노동을 하기 위한 준비과정 (즉, 장인이 되기 위해 필요한 기간) 또한 최소 몇 십년이 소요되어 새로운 공급자로서 시장에 진입하는 것은 쉬운 일이 아니었다. 그에 더해 새로운 직종으로 이직할 자유도 제한되었고 기존의 공급자들의 담합에 따라 진입이 차단되기도 했다. 결과적으로, 전세계가 1일 생활권이 되어 글로벌

라이제이션이 거의 완성 단계에 이른 현재에 비해 특정 재화의 공급량이 단기간에 상승 (또는 하락) 하는 경우는 굉장히 드물었을 것이다.

또한 당시 서구에서도 전세계를 대상으로 사업을 하는 글로벌 기업이 존재하기는 커녕 대부분의 기업들은 부모 자식이나 형제들이 같이 운영하는 전근대적인 소규모 업체가 대부분으로서 그들이 세계 경제 전체에 미치는 영향은 매우 제한적이었다. 그리고 현재와 같이 전세계의 수요자와 공급자를 실시간으로 연결하는 정보통신 기술이 발전했던 것도 아니었고 '글로벌 1일 생활권'을 가능하게 한 교통 수단이나 지구 반대편 끝까지 안전하게 운반할 운송/보관 기술 또한 없었기에 글로벌적으로 대규모 교역이 일어나기도 매우 어려운 상황이었으며, 대부분 유럽이나 북미같이 일정 경제권내에서의 교역이 대부분이었다. 따라서 극심한 자연재해가 불어 닥친 경우를 제외하면 수요나 공급이 단기간 내에 급등(또는 급락)하는 경우는 현재에 비해 굉장히 드물었을 것이다.

위에서 살펴본 바와 같이, 알프레드 마샬이 '수요의 가격 탄력성'이라는 말을 처음 만들어 냈을 당시에는 수요자나 공급자와 같은 경제주체들의 숫자가 매우 제한되었고, 경제 상황에 영향을 줄 변수 또한 그리 많지 않았기에 가격 변동에 따른 수요의 변화 역시 지금보다는 훨씬 용이하게 예측이 가능했을 것이다. 즉, 가격이 하락했다가 다시 상승했다면 수요 또한 (싼 가격 덕분에) 상승했다가 다시 하락 했을 가능성이 매우 크다는 얘기다. 결과적으로, 가격의 변동에 따라 수요도 변화하지만 가격이 예전 수준으로 복원될 시 수요 또한 다시 본래의 자리로 복원되는 성질인 '탄력성'을 가지고 있었을 가능성이 매우 높다.

하지만 21세기도 중반으로 향하고 있는 지금, 글로벌 경제의 상황은 어떠한가. 지구 반대편에서 나비 한마리가 날개를 한번 팔락거리기만 해도 한국 중시가 급등하거나 급락하는 '글로벌 나비 효과'시대가 아니던가. 또한 '메르스'와 같은 듣도 보지도 못한 전염병이 단 반나절만에 한국으로 유입되어 전국민을 공포로 몰아넣는 시대가 아니던가. 게다가 정보통신의 발달과 자본의 자유로운 이동으로 실시간으로 모든 동시대인을 대상으로 '사기 쳐먹을 수 있는' 탐욕과 도덕 상실의 시대가 아니던가.

결과적으로 수요와 공급, 그리고 가격에 영향을 끼치는 인자와 변수가 너무 많기에 수퍼 컴퓨터의 도움을 받는다고 해도 '공이 어느 방향으로 튈 것인가'에 대한 정확한 예측은 거의 불가능하다고 할 것이며, 따라서 가격 변화에 따른 수요의 예전 상태로의 복원 또한 불가능하기에 '수요의 가격 탄력성'은 이제 '수요의 가격 변화에 따른 '민감성(외부 변화에 따른 신속한 반응)'으로 바꿔야 하는 것이 아닐까.

그렇다면 우리는 'Elasticity'라는 단어를 '탄력성'이 아니라 '민감성'으로 바꿔도 무방할 지 영어사전을 통해서 확인해 보기로 하자.

'Elasticity'의 첫번째 뜻.

The elasticity of a material or substance is its ability to return to its original shape, size, and condition after it has been stretched. 말 그대로 탄력성이다. '본래의 모양, 크기, 조건으로 다시 돌아가는 것'.

두번째 뜻. The elasticity of something, especially the demand for a product, is the degree to which it changes in response to changes in circumstances. 환경변화에 따른 변화 (특히 제품에 대한 수요)의 정도

오라, 이것은 또 무언가. 'Elasticity'의 두번째 뜻은 바로 '환경변화에 따른 변화의 정도'가 아닌가? 그렇다면 이것은 바로 무엇으로 바꾸어 부를 수 있는가? 그것은 바로 '민감도(또는 민감성)'가 아니던가? 알프레드 마샬시대에는 'Elasticity'를 '탄력성'이라고 부를 수 있었는지 모르겠지만,

이제는 너무 많은 경제변수들로 인해 '복원력'을 잃은 수요는 더 이상 '탄력적'이지 않으며 다만 '민감'할 뿐인 것이다. 피부를 꽉 눌렀을 때 다시금 '탱탱한' 이전의 모습을 회복할 때 우리는 피부가 '탄력적'이라고 한다. 우리들의 피부는 탱탱할지 몰라도 이제 더 이상 수요는 탱탱하지도 탄력적이지도 않다. 다만 '민감'할 뿐이다.

제17장.

Merit Good은 '가치재'가 아닌 '평가절하(과소평가)재'이다?

"평소에 반드시 해야 된다고 생각하지만 시간이 없어서 실제로는 하기 어렵다고 표시하신 일들 있죠? 대부분 그런 종류의 일들은 운동, 자기 계발, 건강 검진, 가족들과의 여행, 부모님께 효도 등등 일 텐데...그러한 일들을 당장 하셔야 나중에 후회하지 않고 스스로를 성공한 사람이라고 생각할 가능성이 높아 지실 겁니다."

지금으로부터 약 10년 전인 2007년경으로 기억된다. 당시 한국에서 매우 인기가 높았던 자기계발 서적이 한 권 있었으니, 그 책이 바로 '성공하는 사람들의 7가지 습관'이었다.

필자 또한 평소에 독서를 많이 하려고 노력하는 편이지만 '아침형 인간이 되는 법' 이라던지 '정리정돈 잘하는 법' 등과 같이 특정 주제에 대한 지식을 전달한다기 보다는 생활의 습관을 바꾸는 '방법론'에 관련된 책은 철저한 실천이 뒤따르지 않으면 그다지 도움이 되지 않기에 '성공하는 사람들의 7가지 습관' 또한 별로 땡기지 않았건만, 당시 재직 중이던 회사에서 차장급 이상은 모두 이 책을 주제로 한 총 5일간의 교육에 필수적으로 참석하라고 하여 이 책을 정말로 '속속들이 깊숙이' 읽게 되었다. 하지만 나의 예상과는 달리 그 교육은 '인생관'까지 바꿀 정도는 아니더라도 교육을 수강한 많은 사람들이 자신의 인생에 대해 한번 성찰해 볼 수 있는 계기를 주었다고 할 만큼 꽤나 들을 만한 가치가 있는 수업이었다.

때는 바야흐로 교육 제3일차. 담당 강사님이 들어 오시더니 자신의 평소 생활 습관을 '바빠도 반드시 하는 일', '반드시 해야 하지만 바빠서 못하는 일', '반드시 해야 할 필요는 없지만 늘상 하는 일', '반드시 해야 될 필요도 없고 하지도 않는 일'로 나누어 보고 각각의 항목에 맞는 구체적인 사항을 써보라고 하셨다. 그래서 필자가 작성한 사항은 아래와 같다.

1번. 바빠도 반드시 하는 일 : 회사 업무

2번. 반드시 해야 하지만 바빠서 못하는 일 : 운동, 건강

검진, 외국어 공부 등 자기계발, 가족과의 여행, 아이들과 놀아주기, 부모님께 효도하기 등

3번. 반드시 해야 할 필요는 없지만 늘상 하는 일 : 음주, 야동 감상(?) 등등

4번. 해야 할 필요도 없고 하지도 않는 일 : 살인, 절도, 마약 같은 범죄 행위

위의 리스트를 다 작성한 후에 옆에 앉은 다른 교육생들과 비교해 보니 다들 같은 회사에 다니며 비슷비슷한 생활 습관을 가지고 있는 직장인들이어서 그런지 대부분 내용이 비슷했다. 그리고 각 항목들을 자세히 살펴보니 1번은 '먹고 살기 위해서는 좋던 싫던 반드시 해야 되는 일'이고, 3번은 '버려야 할 나쁜 습관'이었으며, 4번은 범죄행위로서 '해서는 안될 일'이었다. 그런데 강사님은 그중 2번 항목을 '콕' 집어서 이 글의 서두와 같은 말씀을 하시면서 덧붙이시기를,

"대부분의 (대한민국) 직장인들은 1번 항목에 해당하는 회사업무에 빠져 살고, 저도 30여년 넘게 그렇게 살았지만, 지금 되돌아 보건 데 밤새면서 힘들게 했던 회사 업무는 뭘 했는지 정말로 전혀 기억나지 않고, 기억에 생생하게 남은 것은 건강을 위해 했던 운동, 가족들과의 여행, 아이들과의 보냈던 즐거운 시간들뿐 이었습니다. 자, 그렇다면 여러분들이 이 수업을 들은 후 지금 당장 해야 될 일이 무엇인지 깨달으셨나요???"

자, 이제 강사님의 말씀은 뒤로 한 채 우리의 시선을 경제학으로 돌려서 이 장의 주제인 'Merit Good (가치재)'에 대해 알아보도록 하자.

가치재

소비로 얻어지는 효용 또는 쾌락은 과소평가된 반면 비효용은 과대평가된 재화나 서비스를 말한다. 가치재는 바람

직한 양보다 적게 소비되는 경향이 있어 주로 정부가 해당 재화나 서비스의 소비를 권장하기 위해 공급한다. 교육, 의료, 운동 등이 가치재의 대표적인 예다.

오호, 이것은 무엇인가. 바로 강사님께서 말씀하신 '반드시 해야 하지만 바빠서 못하는 일'에 해당되는, 즉 그 '본원적인 가치는 높건만 우리가 귀찮고 시간이 없다는 이유로 실제로 하지는 않으면서 구박만 하는(?) 자기계발, 운동, 건강검진'과 정확히 일치한다. 이제 우리는 '가치재'에 해당되는 항목들을 구체적으로 하나씩 살펴보기로 하자.

먼저 교육. 셰익스피어의 명작 '로미오와 줄리엣'에서 줄리엣과 만나기 위해 마치 미친 망아지(?)처럼 달려가는 로미오를 본 신부님께서 남기신 명언이 있다.

"오, 로미오, 너는 마치 수업이 끝나서 집에 돌아가는 학생들처럼 너무나도 기쁘게 보이는구나."

셰익스피어가 작품활동을 한 것은 지금으로부터 최소한 몇백년 전의 일일 진대, 그렇다면 그 당시의 학생들 또한 얼마나 학교 가는 것과 공부하는 것을 얼마나 싫어했다는 것인가. 또한 아무리 공부를 잘하는 학생일지라도 실제로 공부나 시험을 좋아하는 경우는 거의 없으며, 그 지긋지긋한 '공부'를 해야만 사회에서 거창한 성공은 아니더라도 '밥'이라도 제대로 먹고 살수 있다는 부담감까지 가지게 되면 정말로 정말로 공부가 싫어진다. 결론적으로, 사회의 일원으로서 밥값을 하기 위해서 교육은 반드시 필요한 것이지만 극히 예외적인 경우를 제외하고는 그 누구도 공부하는 것을 좋아하는 경우는 없기에 국가에서 의무적으로 일정기간 또한 국민들을 교육을 시킨다. 이리하여 교육은 '가치재'이다.

그 다음으로 의료. 의료는 예방차원의 건강검진과 치료의 두가지로 나누어 생각해보자. 극히 예외적인 상황을 제외하고 40대말 (최근에는 50대 중반)까지는 신체적으로 아주 심각한 문제 (즉, 배가 아주 많이 나왔다던지, 몸무게가 3개월만에 10kg이상 빠져서 피골이 상접해 졌다던지, 변에 갑자기 피가 섞여 나온다던지 등등)가 없다면 굳이 건강검진을 받아야 할 긴급성은 없을 것이지만, 평소에 자신의 건강 상태를 체크하여 모자란 것은 보충하고 나쁜 습관은 버리는 것이 건강유지에 도움이 됨은 당연한 사실이다. 하지만 대부분의 사람들은 큰 문제가 없는 한 건강검진 결과를 그다지 심각하게 생각하지 않으며, 건강검진표를 받아든 그 순간은 '아주 잠시' 심각할지라도 대개 한 2주일만 지나면 '관성의 법칙'으로 인해 다시 흡연이나 과음과 같은 나쁜 습관으로 회귀한다.

그 다음은 치료. 중년남자들을 예로 들면, 대부분의 남자들은 (물론 그렇지 않은 경우도 있겠지만) 고지혈증이나 지방간, 고혈압과 같이 '바로 죽을 병은 아니지만 잠재적으로 중병을 일으킬 수도 있는 병'을 가지고 있는 경우가 많지만 대부분의 사람들은 '바로 죽을 병'이 아니라는 이유로 치료를 게을리하거나 심한 경우 치료 자체를 하지 않으며, 심지어 알코올로 병균을 씻어낸다면서 물 대신 술과 함께 약을 먹는 '엽기 퍼포먼스(?)'를 연출하곤 한다. 이에 국가에서는 국민들에게 건강에 대한 지속적인 경각심을 불러 일으키기 위해 매년 직장인들에게는 건강검진을 받게 하고 있으며 생애 전환기 검강검진을 지원한다. 또한 병을 치료하는 비용이 많이 들 경우 병원에 가지 않을 사람이 많을 것이기에 (가격이 비싸면 해당 제품을 사지 않는 것과 비슷한 논리이다) 전국민이 건강보험의 혜택을 받아 할인된 가격에 치료를 받을 수 있도록 한다. 그래서 의료 또한 가치재이다.

그 다음은 운동. 자신의 건강을 위해서 운동을 열심히 해야 한다고 생각하지 않는 사람은 지구상에 단 한 명도 없을 것이다. 하지만 의사들의 권고대로 일주일에 세번씩 최소 30분 이상 땀을 흘릴 때까지 운동을 하는 사람이 몇 명이나 될까? 또한 반드시 운동을 해야 된다는 강박관념과 계속 처져가는 아래 뱃살을 빼기 위해 헬스 클럽(Fitness Center) 연간 회원권을 끊어보기도 하지만 바쁜 회사 업무와 집안일, 그리고 회식 등으로 몇 번 빠지다 보면 이미 지급한 비용은 'Sunk Cost (매몰비용 또는 회수불가능 비용)'으로 여기고 아예 나가지 않게 된다. 또한 아무리 운동을 열심히 해도 단기간 내에 체중 감량이나 건강 증진 등 원하는 결과를 얻기 어렵기에 자신이 원하는 결과를 얻기 전에 대부분 포기하게 된다. 하지만 국가의 입장에서 국민들의 지속적인 건강 악화로 인한 생산성 저하 및 의료비 지원 부담을 계속 감내할 수는 없는 일이기에 지속적이고도 대대적으로 운동의 효과에 대해 홍보하고, 공원에 각종 운동 기구를 설치하여 규칙적인 운동을 장려하며, '엘리트 체육'이 아닌 '국민 체육'을 강조하며 전국에 생활 체육센터를 건설하는 등 노력을 아끼지 않는다. 따라서 '운동' 또한 '가치재'에 해당한다.

지금까지 가치재의 정의와 그 유형에 대해 알아보았으며, 이제 'Merit Good'을 '가치재'라고 부르는 것이 맞는지 확인해 보도록 하자.

먼저 '가치재'에서의 '가치'의 정의에 대해 알아보자. 그것은 바로 '인간 행동에 영향을 주는 어떠한 바람직한 것, 또는 인간의 지적·감정적·의지적인 욕구를 만족시킬 수 있는 대상이나 그 대상의 성질'이다. 그렇다면 상식적으로 '가치재'란 그 대상이 가지고 있는 성질이 무엇이던지 간에 뭔가 높은 가치를 보유하고 있는 제품을 말하고 있는 것으로 보인다. 하지만 경제학에서의 '가치재'란 위에서 소개한 바와 같이 '소비로 얻어지는 효용 또는 쾌락은 과소평가된 반면 비효용은 과대평가된 재화나 서비스'로서 개인이 소비하기를 꺼리는 재화이다. 오호, 그렇다면 우리가 일반적으로 생각하는 '가치재'와 경제학에서의 '가치재'의 의미간 괴리가 너무 크다. 무엇이 잘못된 것일까. 우리는 '가치재'의 영어 원어인 'Merit Good'의 본 뜻을 파악하여 'Merit Good'에게 합당한 명칭을 찾아주도록 하자.

'Merit Good'에서 'Good'의 의미는 너무 당연하므로 넘어가고, 'Merit'의 정확한 뜻을 파악해 보자.

'Merit'의 첫번째 뜻인 'Good or worthwhile qualities'인데, 이는 그야말로 '가치'이다. 'Merit Good'을 '가치재'로 번역한 사람 역시 사전에 나와있는 'Merit'의 첫번째 뜻을 단순 채용하여 '가치재'라는 용어를 만든 것으로 보인다.

두번째 뜻은 'Advantages or other good points'로서 우리말로 '장점'이 되겠고, 이는 첫번째 뜻인 '가치'와 유사하다.

세번째 뜻은 'If someone or something merits a particular action or treatment, they deserve it.'로서 '어떠한 행위나 대우를 받을만한 가치가 있다'는 동사적인 의미로서 그 속뜻은 '명명백백하게 높은 평가와 대우를 받을 만한 가치가 있건만 지금은 그 가치를 인정받지 못하고 있는 상태'라는 뜻을 암시한다. 이를 2개의 예문에서 알아보면,

'Both ideas merit further consideration. 이 두가지 아이디어는 추가로 검토해볼 만한 가치가 있다.'

이 문장의 속뜻은 무엇인가? 이 아이디어들은 분명히 검토해 볼만한 가치가 있건만 현재는 사람들이 그 가치를 알아보지 못해 제대로 된 검토를 해보지 않고 있다는 뜻이다.

또 다른 예문을 살펴보면,

'Such weighty matters merit a higher level of debate.

저 정도로 중요한 이슈는 보다 더 고위급에서 논의할 만한 가치가 있다'

이것의 속뜻 또한 무엇인가? 이 이슈는 이미 진작에 고위급에서 논의됐어야 할 만큼 중요한 사안이건만 사람들이 그 가치를 알아보지 못해 아직까지 고위급에서 논의되지 못하고 있다는 것으로, 아주 아주 중요한 이슈를 그 가치나 중요성에 비해 심하게 '평가 절하' 또는 '가치 절하'하고 있는 것이다.

그렇다면 이 뜻을 'Merit Good'에 적용해보자. 'Merit Good'에 해당되는 '운동', '건강', '교육' 모두 소비자들이 분명 그 가치나 중요성을 제대로 인식하여 더 많은 소비를 해야 할 것이지만, 이를 '평가 절하' 또는 '과소 평가'하여 소비를 꺼리지 않는가? 그렇다면 'Merit Good'의 정의나 'Merit'의 사전적인 뜻에 비추어 보아 'Merit Good'의 제대로 된 한국어 명칭은 무엇이 되겠는가? 그것은 바로 '과소평가재' 또는 '가치절하재'가 아니겠는가? 단순히 'Merit'의 첫번째 뜻인 '가치'를 채용해 갖다 붙인 '가치재' 보다는 'Merit'의 세번째 뜻에서 유추가 가능한 '과소평가재' 또는 '가치절하재'가 더 'Merit Good'의 정의에 가깝게 느껴지지 않는가?

위에서 'Merit'의 주요 세가지 뜻을 소개했지만 그 외에도'Merit'이 포함된 단어 중에 'Merit System'이라는 용어가 있다. 한국 프로야구에서는 흔히 이 'Merit System'을 'Incentive System(1승을 하면 보너스 얼마, 2연승을 하면 보너스 얼마, 5연승을 하면 보너스 얼마 주는 방식)'과 동일한 뜻으로 사용하고 있지만 그의 본뜻은 '당파를 가리지 않고 능력있는 인재는 중용한다'는 뜻이라고 한다. 즉, 정치적인 이데올로기나 당파성보다는 실무능력에 의해서 인재를 등용하는 시스템인 것이다.

우리는 위와 같이 많고도 다양한 뜻을 가진 'Merit'이라는 단어를 '평가 절하'하지도 '과소 평가'하지도 말아야 할 것이다. 또한 우리가 과소 평가하여 천대하는(?) 'Merit Good'도 우리의 건강 유지와 지식 습득에 반드시 필요한 것이므로 시간이 없다고 변명하면서 외면하지 말고 국가의 도움을 받아서라도 꼭! 반드시! 바람직한 수준까지 소비하도록 하자.